阅读之前 没有真相

杀案》为英格丽·褒曼斩获奥斯卡大奖，《尼罗河上的惨案》更是成为几代人心目中的经典。

阿加莎·克里斯蒂的创作生涯持续了五十余年，总共创作了八十余部侦探小说。她的作品畅销全世界一百多个国家和地区，累计销量已经突破二十亿册。她创造的小胡子侦探波洛和老处女侦探马普尔小姐为读者津津乐道。阿加莎·克里斯蒂是柯南·道尔之后最伟大的侦探小说作家，是侦探文学黄金时代的开创者和集大成者。一九七一年，英国女王授予克里斯蒂爵士称号，以表彰其不朽的贡献。

一九七六年一月十二日，阿加莎·克里斯蒂逝世于英国牛津郡沃灵福德家中，被安葬于牛津郡的圣玛丽教堂墓园，享年八十五岁。

阿加莎·克里斯蒂
Agatha Christie (1890—1976)

无可争议的侦探小说女王,侦探文学史上最伟大的作家之一。

阿加莎·克里斯蒂原名为阿加莎·玛丽·克拉丽莎·米勒,一八九〇年九月十五日生于英国德文郡托基的阿什菲尔德宅邸。她几乎没有接受过正规的教育,但酷爱阅读,尤其痴迷于歇洛克·福尔摩斯的故事。

第一次世界大战期间,阿加莎·克里斯蒂成了一名志愿者。战争结束后,她创作了自己的第一部侦探小说《斯泰尔斯庄园奇案》。几经周折,作品于一九二〇年正式出版,由此开启了克里斯蒂辉煌的创作生涯。一九二六年,《罗杰疑案》由哈珀柯林斯出版公司出版。这部作品一举奠定了阿加莎·克里斯蒂在侦探文学领域不可撼动的地位。之后,她又陆续出版了《东方快车谋杀案》《ABC谋杀案》《尼罗河上的惨案》《无人生还》《阳光下的罪恶》等脍炙人口的作品。时至今日,这些作品依然是世界侦探文学宝库里最宝贵的财富。根据她的小说改编而成的舞台剧《捕鼠器》,已经成为世界上公演场次最多的剧目;而在影视改编方面,《东方快车谋

阿加莎·克里斯蒂
侦探小说

午夜文库

阿加莎·克里斯蒂 侦探作品年表

波洛系列

- 1920　The Mysterious Affair at Styles《斯泰尔斯庄园奇案》
- 1923　Murder on the Links《高尔夫球场命案》
- 1924　Poirot Investigates《首相绑架案》
- 1926　The Murder of Roger Ackroyd《罗杰疑案》
- 1927　The Big Four《四魔头》
- 1928　The Mystery of the Blue Train《蓝色列车之谜》
- 1932　Peril at End House《悬崖山庄奇案》
- 1933　Lord Edgware Dies《人性记录》
- 1934　Murder on the Orient Express《东方快车谋杀案》
- 1935　Three—Act Tragedy《三幕悲剧》
- 1935　Death in the Clouds《云中命案》
- 1936　The ABC Murders《ABC谋杀案》
- 1936　Murder in Mesopotamia《古墓之谜》
- 1936　Cards on the Table《底牌》
- 1937　Dumb Witness《沉默的证人》
- 1937　Death on the Nile《尼罗河上的惨案》
- 1937　Murder in the Mews《幽巷谋杀案》
- 1938　Appointment with Death《死亡约会》
- 1938　Hercule Poirot's Christmas《波洛圣诞探案记》
- 1940　Sad Cypress《H庄园的午餐》
- 1940　One，Two，Buckle My Shoe《牙医谋杀案》
- 1941　Evil Under the Sun《阳光下的罪恶》
- 1943　Five Little Pigs《五只小猪》
- 1946　The Hollow《空幻之屋》
- 1947　The Labours of Hercules《赫尔克里·波洛的丰功伟绩》
- 1948　Taken at the Flood《顺水推舟》
- 1952　Mrs．McGinty's Dead《清洁女工之死》
- 1953　After the Funeral《葬礼之后》
- 1955　Hickory Dickory Dock《山核桃大街谋杀案》
- 1956　Dead Man's Folly《弄假成真》
- 1959　Cat Among the Pigeons《鸽群中的猫》
- 1960　The Adventure of the Christmas Pudding《雪地上的女尸》

阿加莎·克里斯蒂 侦探作品年表

1963　The Clocks《怪钟疑案》
1966　Third Girl《第三个女郎》
1969　Hallowe'en Party《万圣节前夜的谋杀》
1972　Elephants Can Remember《大象的证词》
1974　Poirot's Early Stories《蒙面女人》
1975　Curtain—Poirot's Last Case《帷幕》

马普尔小姐系列

1930　The Murder at the Vicarage《寓所谜案》
1932　The Thirteen Problems《死亡草》
1942　The Body in the Library《藏书室女尸之谜》
1943　The Moving Finger《魔手》
1950　A Murder Is Announced《谋杀启事》
1952　They Do It with Mirrors《借镜杀人》
1953　A Pocket Full of Rye《黑麦奇案》
1957　4.50 from Paddington《命案目睹记》
1962　The Mirror Crack'd from Side to Side《破镜谋杀案》
1964　A Caribbean Mystery《加勒比海之谜》
1965　At Bertram's Hotel《伯特伦旅馆》
1971　Nemesis《复仇女神》
1976　Sleeping Murder《沉睡谋杀案》
1979　Miss Marple's Final Cases《马普尔小姐最后的案件》

其他系列及非系列

1922　The Secret Adversary《暗藏杀机》
1924　The Man in the Brown Suit《褐衣男子》
1925　The Secret of Chimneys《烟囱别墅之谜》
1929　Partners in Crime《犯罪团伙》
1929　The Seven Dials Mystery《七面钟之谜》
1930　The Mysterious Mr. Quin《神秘的奎因先生》
1931　The Sittaford Mystery《斯塔福特疑案》
1933　The Witness for the Prosecution and Other Stories《控方证人》
1934　Why Didn't They Ask Evans?《悬崖上的谋杀》

阿加莎·克里斯蒂 侦探作品年表

1934　The Listerdale Mystery《金色的机遇》
1934　Parker Pyne Investigates《惊险的浪漫》
1939　Murder Is Easy《逆我者亡》
1939　And Then There Were None《无人生还》
1941　N or M?《桑苏西来客》
1944　Towards Zero《零点》
1945　Sparkling Cyanide《闪光的氰化物》
1945　Death Comes as the End《死亡终局》
1949　Crooked House《怪屋》
1950　Three Blind Mice and Other Stories《三只瞎老鼠》
1951　They Came to Baghdad《他们来到巴格达》
1954　Destination Unknown《地狱之旅》
1958　Ordeal by Innocence《奉命谋杀》
1961　The Pale Horse《灰马酒店》
1967　Endless Night《长夜》
1968　By the Pricking of My Thumbs《煦阳岭的疑云》
1970　Passenger to Frankfurt《天涯过客》
1973　Postern of Fate《命运之门》
1991　Problem at Pollensa Bay《神秘的第三者》
1997　While the Light Lasts《灯火阑珊》

出版前言

  纵观世界侦探文学一百七十余年的历史，如果说有谁已经超脱了这一类型文学的类型化束缚，恐怕我们只能想起两个名字——一个是虚构的人物歇洛克·福尔摩斯，而另一个便是真实的作家阿加莎·克里斯蒂。

  阿加莎·克里斯蒂以她个人独特的魅力创造着侦探文学史上无数的传奇：她的创作生涯长达五十余年，一生撰写了八十余部侦探小说，她开创了侦探小说史上最著名的"黄金时代"；她让阅读从贵族走入家庭，渗透到每个人的生活中；她的作品被翻译成一百多种文字，畅销全球一百五十余个国家，作品销量与《圣经》《莎士比亚戏剧集》同列世界畅销书前三名；她的《罗杰疑案》《无人生还》《东方快车谋杀案》《尼罗河上的惨案》都是侦探小说史上的经典，她是侦探小说女王，因在侦探小说领域的独特贡献而被册封为爵士；她是侦探小说的符号和象征。她本身就是传奇。沏一杯红茶，配一张躺椅，在暖暖的阳光下读阿加莎的小说是一种生活方式，是惬意的享受，也是一种态度。

  午夜文库成立之初就试图引进阿加莎的作品，但几次都与版权擦肩而过。随着午夜文库的专业化和影响力日益增强，阿加莎·克里斯蒂的版权继承人和哈珀柯林斯出版公司主动要求将版权独家授予新星出版社，并将阿加莎系列侦探小说并入午夜文库。这是对我们长期以来执着于侦探小说出版的褒奖，是对我们的信任与鼓励，更是一种压力和责任。

新版阿加莎·克里斯蒂作品由专业的侦探小说翻译家以最权威的英文版本为底本，全新翻译，并加入双语作品年表和阿加莎·克里斯蒂家族独家授权的照片、手稿等资料，力求全景展现"侦探女王"的风采与魅力。使读者不仅欣赏到作家的巧妙构思、离奇桥段和睿智语言，而且能体味到浓郁的英伦风情。

阿加莎作品的出版是一项系统工程，规模庞大，我们将努力使之臻于完美。或存在疏漏之处，欢迎方家指正。

新星出版社
午夜文库编辑部

Agatha Christie

Over the next few years, we plan to celebrate two very important Agatha Christie anniversaries. In 2015, it is the 125th anniversary of her birth in Torquay, South Devon, England, and in 2020 it will be 100 years after her first book, THE MYSTERIOUS AFFAIR AT STYLES, featuring her famous detective, Hercule Poirot, was published. This is therefore a very appropriate moment to publish a new edition of her works, and I am delighted that HarperCollins has chosen to work with New Star on these new editions. New Star is China's top crime publisher, and has a strong and dedicated editorial staff and a continued passion for Agatha Christie, making them the ideal partner. It is the right time to make these classic books available in modern translations and so to bring Agatha Christie's books anew to her many fans in China, giving them a new reason to re-read these much-loved stories, as well as introducing them to a whole new audience. How delighted Agatha Christie would have been that her stories (as she called them) are still giving so much pleasure to so many people all over the world!

I think there are two very remarkable things about Agatha Christie's stories. The first is that they are so adaptable. It doesn't really matter which language they appear in, the stories and the plots still give the same thrill, still provide the same puzzles, and the characters still have the same attraction. Readers in China will I am sure enjoy Hercule Poirot and Miss Marple just as much as we do in England, and readers in China will still be transfixed by the surprises and horrors of AND THEN THERE WERE NONE, one of the great classics of 20th century detective fiction, as we are here.

Agatha Christie

The second is that the stories give a wonderful picture of England, particularly rural England, at the time Agatha Christie lived. She wrote books from 1920 until 1970 but it is sometimes hard to tell which part of her life each book was written in. Her characters and the life they lived were very much the same. The life we all live is changing very quickly these days but "the Agatha Christie world stays the same." Perhaps the Miss Marple stories provide the best example of this, and in some ways THE BODY IN THE LIBRARY and NEMESIS are quite similar, despite the fact that thirty years elapsed between the time they were written.

Perhaps I might end by mentioning three Agatha Christies (other than the ones mentioned above) which I think demonstrate why she is so popular, even in the twenty-first century. The first is MURDER ON THE ORIENT EXPRESS, one of the most famous with one of the most ingenious and human plots. Read this on one of your long train journeys in China! Next is A MURDER IS ANNOUNCED, a Miss Marple which was her 50th book. It has my favourite murderer in it! And last is ENDLESS NIGHT – a story about evil and how it affects three young people, written at the time when I knew her best, and understood how deeply she cared and sympathised with young people and the world they lived in.

Whichever are your favourites I hope you enjoy these stories that New Star are introducing to you again. I think it is a great publishing event.

Mathew
Grandson of Agatha Christie
Chairman of Agatha Christie Ltd

致中国读者

(午夜文库版阿加莎·克里斯蒂作品集序)

在未来的几年中,我们将要筹备两个非常重要的关于阿加莎·克里斯蒂的纪念日。二〇一五年是她的一百二十五岁生日——她于一八九〇年出生于英国的托基市,二〇二〇年则是她的处女作《斯泰尔斯庄园奇案》问世一百周年的日子,她笔下最著名的侦探赫尔克里·波洛就是在这本书中首次登场。因此,新星出版社为中国读者们推出全新版本的克里斯蒂作品正是恰逢其时,而且我很高兴哈珀柯林斯选择了新星来出版这一全新版本。新星出版社是中国最好的侦探小说出版机构,拥有强大而且专业的编辑团队,并且对阿加莎·克里斯蒂的作品极有热情,这使得他们成为我们最理想的合作伙伴。如今正是一个良机,可以将这些经典作品重新翻译为更现代、更权威的版本,带给她的中国书迷,让大家有理由重温这些备受喜爱的故事,同时也可以将它们介绍给新的读者。如果阿加莎·克里斯蒂知道她的小故事们(她这样称呼自己的这些作品)仍然能给世界上这么多人带来如此巨大的阅读享受,该有多么高兴啊!

我认为阿加莎·克里斯蒂的作品有两个非常重要的特征。首先它们是非常易于理解的。无论以哪种语言呈现,故事和情节都同样惊险刺激,呈现给读者的谜团都同样精彩,而书中人物的魅力也丝毫不受影响。我完全可以肯定,中国的读者能够像我们英国人一样充分享受赫尔克里·波洛和马普尔小姐带来的乐趣;中国读者也会和我们一样,读到二十世纪最伟大的侦探经典作品——比如《无人生还》——的时候,被震惊和恐惧牢牢钉在原地。

第二个特征是这些故事给我们展开了一幅英格兰的精彩画卷,特别是阿加莎·克里斯蒂那个年代的英国乡村。她的作品写于二十世纪二十年代至七十年代间,不过有时候很难说清楚每一本书是在她人生中的哪一段日子里写下的。她笔下的人物,以及他们的生活,多多少少都有些相似。如今,我们的生活瞬息万变,但"阿加莎·克里斯蒂的世界"依旧永恒。也许马普尔小姐的故事提供了最好的范例:《藏书室女尸之谜》与《复仇女神》看起来颇为相似,但实际上它们的创作年代竟然相差了三十年。

最后,我想提三本书,在我心目中(除了上面提过的几本之外)这几本最能说明克里斯蒂为什么能够一直受到大家的喜爱。首先是《东方快车谋杀案》,最著名,也是最机智巧妙、最有人性的一本。当你在中国乘火车长途旅行时,不妨拿出来读读吧!第二本是《谋杀启事》,一个马普尔小姐系列的故事,也是克里斯蒂的第五十本著作。这本书里的诡计是我个人最喜欢的。最后是《长夜》,一个关于邪恶如何影响三个年轻人生活的故事。这本书的写作时间正是我最了解她的时候。我能体会到她对年轻人以及他们生活的世界关心至深。

现在新星出版社重新将这些故事奉献给了读者。无论你最爱的是哪一本,我都希望你能感受到这份快乐。我相信这是出版界的一件盛事。

阿加莎·克里斯蒂外孙
阿加莎·克里斯蒂有限责任公司董事长
马修·普理查德
二〇一三年二月二十日

阿加莎·克里斯蒂侦探作品集㉟

命运之门
Postern of Fate

Agatha Christie®

[英]阿加莎·克里斯蒂 著
陈杰 译

新 星 出 版 社　NEW STAR PRESS

献给汉尼拔[①]和他的主人

[①]汉尼拔是书中汤米和塔彭丝夫妇养的一只曼彻斯特小猎犬,原型为阿加莎第二任丈夫马克斯养的 Treacle。

目录

1	第一部
3	第一章 关于书
9	第二章 黑箭
18	第三章 墓地之行
23	第四章 姓帕金森的人真多
29	第五章 义卖会
37	第六章 疑问
44	第七章 更多的问题
48	第八章 格里芬夫人
51	第二部
53	第一章 很久之前
58	第二章 来认识玛蒂尔德、真爱和KK
67	第三章 早餐前的六件不可思议的事
75	第四章 "真爱"上的历险；牛津和剑桥
90	第五章 调查方法
96	第六章 罗宾逊先生
113	第三部
115	第一章 玛丽·乔丹
126	第二章 塔彭丝的调查
131	第三章 汤米和塔彭丝交换意见

目 录

137	第四章 修复玛蒂尔德的可能性
150	第五章 拜访派克威上校
162	第六章 命运之门
166	第七章 侦讯
173	第八章 对一位叔叔的回忆
185	第九章 少年团
196	第十章 塔彭丝遇袭
212	第十一章 汉尼拔采取行动
217	第十二章 牛津、剑桥和罗恩格林
221	第十三章 穆林斯小姐的来访
225	第十四章 花园战役
230	第十五章 汉尼拔和克里斯宾先生一起服役
240	第十六章 南飞的鸟
245	第十七章 最后一幕：与罗宾逊先生的晚餐

大马士革城有四座门,
命运之门,荒漠之门,瘟疫之门,恐惧之门。
篷车不度,飞鸟不惊;
啁啾声声依然响遍鸟尽弓藏之地。
　　——詹姆斯·埃尔罗伊·弗莱克[①]《大马士革之门》

[①] 詹姆斯·埃尔罗伊·弗莱克(James Elroy Flecker, 1884-1915),英国诗人,小说家,剧作家,深受高蹈派诗歌风格影响。

第一部

第一章　关于书

"这么多书!"塔彭丝说。

她语气有点恼火。

"你说什么?"汤米说。

塔彭丝的视线越过房间看着他。

"我说'这么多书'!"她说。

"我知道你的意思。"托马斯·贝尔斯福德说。

塔彭丝面前有三个大纸箱,每个箱子里的书都被抽出了一些,但箱子依然是满满的。

"真是难以置信。"塔彭丝说。

"没想到书这么占地方是吗?"

"是的。"

"你想把书全放上书架吗?"

"真不知道该拿这些书怎么办才好。"塔彭丝说,"不知道到底要做什么,这真是太别扭了! 哦,天哪!"她长叹了一口气。

"说真的,"她丈夫说,"这太不像你了。你的缺点就是对下一步该做什么过于了然于胸。"

"我是说,"塔彭丝说,"我们总算来到了这里,但我们已经老了,已经——我们面对现实吧——已经有了风湿病。伸开手臂把书放上书架,把放在书架上层的东西拿下来,弯下腰在书架底层找东西,这对我们来说都是很困难的事情,很多时候一弯腰就站不起来了。"

"是的,是的,"汤米说,"我们的身体确实已经不行了。你想说的就是这个吗?"

"不,当然不是。我想说的是,能买到梦想中的房子、搬到想住的地方,真是太好了——尽管这里还需要稍作整修。"

"把几个房间打通,"汤米说,"在房间外面做个你所说的露台或装修工所说的阳台,不过我倒想把它称为凉廊。"

"那一定非常棒。"塔彭丝肯定地说。

"完工时你想给我个惊喜!是这样吗?"

"根本不是。见到它完工时,你只要知道自己有个天赋异禀、充满智慧和艺术细胞的妻子就行。"

"好,"汤米说,"我一定记住到时该说什么话。"

"不需要记住,"塔彭丝说,"你会脱口而出的。"

"这和书有什么关系?"汤米说。

"我们只带了两三箱书过来,把不怎么喜欢的书都卖掉了,只带来了一些不舍得扔掉。但那家人——我忘了他们的名字,就是卖房子给我们的人——他们不想带走太多东西,希望我们给包括书籍在内的许多东西出个价。我就去看了——"

"于是你就买下了一些。"汤米说。

"是的,但没有预想得那么多。有些家具和装饰品太破了,幸好没买下它们。但那些书却非同一般——尤其是楼下客厅里的几本童话书——其中有几本特别好的老书,现在仍然极受欢迎。有一两本我特别喜欢,非常愿意拥有它们。我对安德鲁·朗的《安德罗克雷斯和狮子》印象特别深。"她说,"我八岁时读过那本书。"

"塔彭丝，你八岁时就会读书了吗？"

"是的。"塔彭丝说，"我五岁就开始看书了。那时候的孩子看书都早，好像人人都是无师自通的。我们让大人念书给我们听，要是特别喜欢，就会记住书放在书架的什么地方。大人一不注意，我们就把书取下来，根本不学拼写，就这么看。但后来就不那么美妙了，"她说，"因为从来没有认真学习过拼写，所以很多字我都读不懂。如果四岁时能开始学拼写那该多好啊！不过爸爸教会了我加法、减法和乘法，爸爸说乘法表对将来很有用。我还学会了除法。"

"你爸爸一定很聪明！"

"他并不特别聪明，"塔彭丝说，"不过是非常非常好的人。"

"我们是不是又扯远了？"

"是啊，"塔彭丝说，"就像我刚才说的，我很想再看一次《安德罗克雷斯和狮子》里的故事——那是本安德鲁·朗写的动物故事集——是我那时的至爱！当时还有一本伊顿公学的某个学生写的《我在伊顿的一天》，不知道这本书有什么吸引力，但我就是想看。这是我最喜欢看的书之一。另外还有些经典小说，比如说莫斯沃思夫人的《布谷鸟钟》以及《四面来风的农场》——"

"好了，好了。"汤米说，"不必把你小时候的阅读经历全都告诉我。"

"我是说，"塔彭丝说，"现在已经找不到这些书的原本了。修订本可以买到，可文字不同，插图也变了。总有一天我会连《爱丽丝漫游仙境》都不认识的，里面的内容变得那么奇怪。不过有的书我还是可以找到的，比如莫斯沃思夫人以前创作的几本神话故事——粉红色、蓝色和黄色封皮的那几本——当然，她最近出的几本我也很喜欢。还有斯坦莱·韦曼等人创作的作品。这里有不少,他们没带走。"

"我明白了,"汤米说,"你被它们吸引了,觉得这是笔好买卖。"

"是啊,但你说'再见'①是什么意思啊?"

"我说的是'好买卖'!"

"我还以为你想离开这儿,正和我说再见呢!"

"当然不是。"汤米说,"我很感兴趣。总而言之,这确实是笔好买卖。"

"如同我所说的那样,买下这些书没花多少钱。现在这些书和我们带来的书还有其他东西都混在一起了。书非常多,我们定做的书架不一定放得下。你的房间怎么样?还放得下书吗?"

"放不下,"汤米说,"连我自己的书都放不下了。"

"真扫兴,"塔彭丝说,"我们总是这样。再盖间房如何?"

"不行,"汤米说,"前天我们不是还说过要厉行节约吗?难道你都忘了吗?"

"那是前天的事了,"塔彭丝说,"时代在变。我想把舍不得丢掉的书全都放在书架上。然后——然后再处理其他的书——也许有儿童医院之类的地方可以捐赠。总之,需要书的地方还真不少。"

"我们也可以卖掉它们。"汤米说。

"这些书不会有什么人想买。它们的价值并不高。"

"也许好运会降临!"汤米说,"如果里面有书商想收购的绝版书就好了。"

"现在,"塔彭丝说,"我们必须把这些书全放上架,同时顺

---

① 上文中汤米说的"好买卖"(good buy)和"再见"(goodbye)发音相近。

便看一下是不是我真正需要或真正记得的书。我这就粗略地整理一下，把它们分分类。我的意思是，可以分为冒险故事、童话故事、儿童故事，以及一些学校的故事——比如米德写的那些富裕学生的故事。黛波拉小时候我常给她读这类书。我和她都很喜欢《小熊维尼》。《灰色小母鸡》也不错，但我不太喜欢那类书。"

"你已经很累了，"汤米说，"应该休息一下。"

"或许是吧，"塔彭丝说，"不过我想把这儿的书都放好……"

"好，我来帮你。"汤米说。

汤米把箱子斜过来，倒出里面的书，然后抱起一摞书走近书架，把书塞进去。

"同样大小的书放在一起看起来比较齐整。"他说。

"这可不叫分类啊。"塔彭丝说。

"先将就一下，以后再仔细分，等没事干的下雨天再弄吧。"

"问题是我们总有其他事情要做。"

"好了，现在还剩七本。只有书架最上面那层的角落还有空间。把木凳给我拿来，好吗？我站上去它应该不会垮吧？我可以把这些书放进最上面一格的架子上。"

汤米慢慢地爬上椅子。塔彭丝把手里的书递给他。汤米把书小心翼翼地推进最上面的架子里，结果一不小心，最后三本书滑落下来，差点儿砸中塔彭丝。

"哦！"塔彭丝说，"那会很疼的！"

"哦，我不是故意的，你一下子递给我这么多。"

"看上去确实不错，"塔彭丝退后两步说，"我们可以把这三本书放进从下往上数的第二层书架的空当处，这样就大功告成了。活儿干得不赖。这些书大部分不是我们带来的，而是这次买来的。也许会从中发现些宝贝。"

"也许吧。"汤米说。

"也许会发现宝贝,我觉得我们真会发现一些东西,或许是值一大笔钱的东西。"

"如果发现宝贝你又做何打算?卖掉?"

"希望能把它们卖掉,"塔彭丝说,"当然也可以拿去让大家见识一下。不是为了炫耀,只是对大伙说:'瞧,我们找到了一两件十分有趣的东西。'我们准会发现些有趣东西的。"

"你是说过去曾经喜欢但现在已经遗忘的那些作品吗?"

"不。我说的是那种能让人吃惊,使我们的生活完全改变的东西。"

"塔彭丝,"汤米说,"你真是异想天开啊。别发现一些给我们带来灾难的东西才好。"

"真是胡说八道。"塔彭丝说,"人必须怀有希望,这对人生非常重要。你我一定要满怀希望才对!我相信我们一定会有所发现。"

"不抱希望就不是你了。"汤米叹了口气说,"我却常常觉得后悔。"

第二章 黑箭

托马斯·贝尔斯福德夫人把莫斯沃思夫人的《布谷鸟钟》移到书架第三层的空当处。莫斯沃思夫人的作品终于集中在了一起。塔彭丝抽出《织锦挂毯的房间》，若有所思地拿在手上。她似乎读过《四面来风的农场》，但记得不像《布谷鸟钟》和《织锦挂毯的房间》那样清楚。她不断地翻动着书页……汤米就快回来了。

整理进行得很顺利，不错，确实非常顺利。塔彭丝必须时时克制着冲动，不把喜欢的书抽出来再读一遍。整理图书相当快乐，但也很花时间。汤米晚上回来，问到整理的进度。塔彭丝回答说："哦，进展顺利。"她找了很多借口、用了各种手段，阻止汤米上楼查看书架整理的情况。整理新家是件费时费力的事情，比预想得要麻烦许多，常常会碰上些让人生气的事情。比如说，电工常会对上次干的活儿不太满意。他们往往会占据一大块地面，心满意足地铺下许多绳子和电线，心不在焉的主妇一个不小心就会被绊倒。这时就要靠在地板下面摸索着干活的电工师傅出手相救了。

"有时我真希望我们没有离开巴敦斯农庄。"塔彭丝说。

"那里的餐厅已经破败不堪，"汤米说，"阁楼也不像样了。车库更是没法说，汽车都差点被车库搞坏了。"

"请人装修一下不就行了？"塔彭丝说。

"不，"汤米说，"必须彻底改建，不然只能搬走。这栋新房子总有一天会住得很舒服，对此我深信不疑。总之，这里能达成我们的所有愿望。"

"你所说的愿望是指有足够的地方给我们放东西吧？"塔彭丝问。

"是的，"汤米说，"我们的东西太多了。我非常同意你的看法。"

这时，塔彭丝心想，除了入住以外，这幢房子对他们还有什么用呢？事情听起来简单，其实却相当复杂。部分的原因就在于这些书。

"如果我是个现在的小孩子，"塔彭丝说，"很可能就不能像小时候那样轻易地学会阅读了。现在四到六岁的孩子根本不识字，十岁和十一岁的孩子也不会阅读。我不知道当时对我们来说为什么那么容易，我们都会阅读。我，还有隔壁的马丁、马路对面的珍尼弗·西莉尔以及温尼弗雷德几乎都能看书。所有人都会。尽管拼写水平不高，但想看的都看得懂。我记不得当初是如何学会的了。我想可能是问人。我们对海报和药瓶上的字都非常感兴趣。火车开近伦敦时，我会把田边的广告一一读出来，真是让人兴奋。我常常在琢磨那到底是什么。哦好了，我还是赶快整理书吧。"

她又移了几本书。接着，她花了整整三刻钟阅读《镜国里的爱丽丝》，然后又被夏洛特·杨格的《历史内幕》吸引了一会儿，接着拿起又厚又破的《雏菊花环》。

"哦，我一定要再看一遍，"塔彭丝说，"我看过一遍，但那已经是很多年前了。啊，读来心里真是怦怦乱跳。诺尔曼会接受坚信礼吗？艾塞尔的命运又会如何——那个地方叫什么来着？应该是类似考克斯韦尔之类的——还有那个世故的弗洛拉。我不知道那时为什么人人都那么俗气。被人觉得俗气真是太可怜了。我们现在又是如何？你觉得现在的我们俗不俗气？"

"夫人，你在说什么？"

"没什么。"塔彭丝回头看见了出现在门口的管家阿尔伯特。

"夫人，我以为你有什么事情找我呢。你是不是按铃了呀？"

"我没想按铃。只是在爬梯子取书时碰到了铃而已。"

"要我帮你拿吗？"

"那就麻烦你了。这些椅子都快坏了，有的摇摇晃晃，有的又太滑。"

"您想要哪本书？"

"第三层架子上面的几层还没有好好查过。对，我说的就是顶上的那两层。我真不知道那里放了些什么。"

阿尔伯特爬上椅子，依次拍掉每本书上的灰尘，然后再递给塔彭丝。塔彭丝欢喜地把这些书接了下来。

"真是太棒了。我真是忘了还有这么多书。这是《护身符》！这是《萨玛尔德》！这是《新寻宝人》。全都是我喜欢的书。阿尔伯特，先别把它们放上书架。我想先看一眼。我是说，我想先看看其中的一两本。哎，那本是什么？哦，是《红帽徽》。这种历史读物很不错，一定非常有趣。这里还有本《长袍之下》。都是些斯坦利·韦曼的书。这些书我大都在十岁出头的时候就读过了。没有那本《古堡藏龙》也不足为怪。"她沉浸在回忆的喜悦中，重重地叹了口气，"《古堡藏龙》是我的爱情小说启蒙书，说的是弗拉维亚公主和鲁里塔尼亚国王的罗曼史。国王好像叫鲁道夫·拉森迪什么的，是每个少女梦想的白马王子。"

阿尔伯特又递给她一本。

"这本更有趣。"塔彭丝说,"年代也更为久远。应该把这些书按年代摆放。还有什么?哦,这是本《金银岛》。不错的故事,我已经重读过一遍了。我还看过两部改编的电影。我不喜欢改编的电影,看起来怪怪的!太好了,还有本《绑架》,我以前很喜欢这本书。"

阿尔伯特伸出手,一下子拿了好几本书,《卡特里奥娜》不偏不倚正砸在塔彭丝的头顶。

"对不起。夫人,真对不起。"

"没事,是本《卡特里奥娜》,"塔彭丝说,"帮我看看架子上还有没有史蒂文森别的什么书?"

阿尔伯特的动作小心多了。塔彭丝则高兴得叫了起来。

"是《黑箭》!这里竟有本《黑箭》。那是我最先拥有并且读过的几本书之一。阿尔伯特,你一定不知道这本书,那时你还没出生呢!让我想想,让我好好想想《黑箭》讲了些什么。哦,我想起来了,有双眼睛从挂在墙上的画中往外看——是双真的眼睛,透过画面向外看。非常有想象力,也非常吓人。《黑箭》讲了个什么样的故事?是狗还是猫?不,都不是。在书中,猫、老鼠,以及一条叫洛威尔的狗在猪的带领下统治了英国。猪当然是指理查三世。所有书都把理查三世说成是非常了不起的人,可我不相信。我连莎士比亚也信不过,他竟然在戏的开头就让理查说:'我要做个恶棍。'啊,对,这就是《黑箭》的内容。"

"夫人,您还要书吗?"

"不用了,阿尔伯特,我已经很累了。"

"好的。对了,老爷打电话来,说他要晚半小时到家。"

"我知道了。"塔彭丝说。

她坐到椅子上，拿起《黑箭》专心地读了起来。

"真是好看，"塔彭丝说，"基本全忘光了，是得再看一遍。这本书非常有趣。"

书房里恢复了宁静。阿尔伯特回到厨房。塔彭丝靠在椅子上读书。时间过得飞快，托马斯·贝尔斯福德夫人蜷缩在已经用旧了的安乐椅里追寻着往昔的喜悦，尽兴地阅读着罗伯特·路易斯·史蒂文森的《黑箭》。

几乎与此同时，阿尔伯特在厨房的炉灶上做了许多菜肴。一辆汽车开了过来，阿尔伯特走向边门。

"先生，要我替您开进车库吗？"

"不用，"汤米说，"我自己开，你去忙晚餐吧！我回来得太晚了吗？"

"没晚，和电话里说得一样。其实还早了点。"

"是这样啊，"汤米停好车，搓着手走进厨房，"外面很冷。塔彭丝在哪儿？"

"夫人在楼上整理书。"

"什么？还在弄那些发霉的书？"

"是的。今天理了不少，不过她大部分时间都在看书。"

"真是麻烦，"汤米说，"算了，阿尔伯特。晚餐吃什么？"

"柠檬鱼片，马上就好。"

"知道了，十五分钟后开饭，我先去洗手。"

塔彭丝依然坐在楼上的旧安乐椅里读《黑箭》，眉头微微皱起。她刚遇到了一种似乎只能称为干扰的奇怪现象。在看过的一页上——不是第六十四页就是第六十五页，她把页码给忘了——有人在上面画了线。塔彭丝花了十五分钟研究这个现象。她不明白为什么有人会在这些字下面画线。它们既不相互关联，也不是引用词。似乎只是用红墨水笔在随便挑的一些词下面画了线。塔彭丝轻声念道："马查姆不由得发出低吼。迪克吓了一跳,酒杯从指尖掉了下来。他们站起身,拔出剑和匕首。埃利斯举起手,眼睛又大又亮——"塔彭丝摇摇头。语意不通,完全不通。

她走到放着书写用具的书桌旁边,取了几张印刷公司送来让他们选样并印有新地址"月桂山庄"的便条纸。

"愚蠢的名字,"塔彭丝说,"但要是把名字改掉,信又投不过来了。"

她把画有红线的字母抄在便条纸上,意识到自己之前没注意到的一些事。

"这样就有意思了。"塔彭丝说。

她的手指沿着便条纸上的字往后推。

"你果然在这儿,"突然出现了汤米的声音,"快吃饭了。书整理得怎么样了?"

"这本书很奇怪,"塔彭丝说,"我完全弄不懂。"

"怎么奇怪了?"

"我想再看一遍史蒂文森的这本《黑箭》,便拿起来看了。起初一切都很正常,但看了不久之后,字里行间突然有几分不对。你看,这些字的下面都用红墨水笔画上了线。"

"的确有人喜欢在字下画线。未必都用的是红墨水,但常有人在书上画线。人们常常在想让自己记住或想引用的地方画线。你应该明白我的意思。"

"我知道你的意思,"塔彭丝说,"但这跟那不是一回事,你看这些字母。"

"你是说在特定的字母下面画线吗?"汤米问。

"你快过来。"塔彭丝说。

汤米走过来坐在椅子扶手上,然后对着书念道:"'马查姆不由得发出低吼。连刚死的人都被他惊醒了,以枪声为记。'都是些什么啊!'两个巨人从窗户上摔了下来。他们站起身,拔出剑和匕首。'简直太疯狂了。"

"是的,"塔彭丝说,"我首先想到的也是疯狂。但汤米,细想起来里面却有一定的逻辑。"

楼下传来一阵铃声。

"吃晚饭去吧。"

"先别急,"塔彭丝说,"我必须在饭前把这件事告诉你。虽然饭后说也可以,但这件事真的很怪。不马上告诉你我就不舒服。"

"好啊。你发现了什么?"

"没什么发现,只是找到了一些词。比如说这一页——马查姆的第一个字母 M 下面画了线。接着是这个 A 字母,后面还有两三个字母。这些词本身没什么关系,我觉得只是随手挑的——画线人在意的是这些字母——他似乎在寻找合适的字母并将它们排序。在前面的 M 和 A 之后,是'压抑'这个词里的 R,'喊叫'中的 Y、'杰克'中的 J、'射击'中的 O、'破灭'中的 R、'死亡'中的 D,接着是'死亡'中的 A 和'瘟疫'中的 N——"

"天哪,快停!"汤米说。

"等一下,"塔彭丝说,"答案马上就出来了。把它们抄下来,你就一定能看懂。我是说,如果把这些字母挑出来依次写在纸上,你就会看明白意思的。看到我最先抄下的四个字母了吗?对的,M-a-r-y。这四个字母下面都画了线。"

"这又怎么样?"

"这不是玛丽吗?"

"是的,"汤米说,"的确拼成了玛丽。很多人叫玛丽。一个叫玛丽的聪明孩子想表示自己对这本书的所有权。人们喜欢用各种各样的方式把自己的名字显示在书上。"

"你总算承认了,这些字母有其意义,"塔彭丝说,"再往下看,后面几个画线的字母是 J—o—r—d—a—n。"

"是玛丽·乔丹,"汤米说,"这下连全名都知道了。拥有这本书的孩子名叫玛丽·乔丹。"

"这本书不是她的!书的扉页上有歪歪扭扭的儿童字体写下的'亚历山大'这几个字。我想应该是亚历山大·帕金森。"

"这很重要吗?"

"一定很重要。"

"走吧,我饿了。"汤米说。

"等一等,"塔彭丝说,"我给你再读一点就结束了——还有四页。这些字母是从不同页面的不同地方分别选出来的。这些词本身并没有任何关联——词语本身没有任何意义——有意义的是这些字母。现在我们已经找到了 M—a—r—y 和 J—o—r—d—a—n。这还不算什么。知道接下来组成的四个词是什么吗? d—i—d n—o—t d—i—e n—a—t—u—r—a—l—y。最后一个词是"自然",只是少了个'l'。好了,这下你看出这些字母的意思了吧?'玛丽·乔丹并非自然死亡'。接下来的文字是,'凶手是我们之中的一个,我知道是谁。'就这句话,再没有多余的了。但已经够让人兴奋了,你说是吗?"

"塔彭丝,你可不能断章取义啊!"汤米说。

"你这是什么意思?我怎么成了断章取义了呢?"

"我说你凭空捏造了一件疑案。"

"对我来说的确是件疑案,"塔彭丝说,"'玛丽·乔丹并非自然死亡。凶手是我们之中的一个,我知道是谁。'汤米,这难道不是很诡异吗?"

第三章 墓地之行

"塔彭丝!"汤米走进房间大叫一声。

没有回音。汤米有些困惑,他跑上楼梯,穿过二楼走廊,脚差点卡在地板上的一个破洞里。他随口骂了句:"这个电工真他妈太粗心了。"

几天前,他已经遭过一次殃了。这些电工来的时候都自信满满,"没什么要干的,"他们说,"我们下午再来。"可那天下午他们并没有来。汤米一点不觉得惊讶。他早已习惯建筑业、电气业和煤气业的工作方式了。他们来了之后总是显得乐观而有效率,接着就借口取东西,从此一去不返。打电话去催,多半是号码错误。即便号码没错,部门里也没那个人。因此千万别扭到脚踝,或卡在洞里。汤米更担心塔彭丝会受伤。他比塔彭丝更有经验,受伤的概率相对较小。他觉得塔彭丝被水壶烫伤或被火炉灼伤的危险很大。塔彭丝现在在哪儿?他又开始叫了。

"塔彭丝!塔彭丝!"

他担心塔彭丝。塔彭丝是那种容易让人担心的人。每次出门前,他总会嘱咐塔彭丝千万不要外出,塔彭丝也答应得好好的——不,我不出去,只是会去买半磅黄油。这样总不能说有什么危险吧?

"买半磅黄油也会有危险。"汤米说。

"别傻了!"塔彭丝说。

"我可不傻,"汤米说,"我只想做个聪明而细心的丈夫,照顾好自己喜欢的事物,你是这其中——"

"因为,"塔彭丝说,"我有魅力,长得漂亮,是一个好伴侣,而且还非常关心你。"

"没错。"汤米说,"但即便如此,我也想给你很多忠告。"

"我可不喜欢什么忠告,"塔彭丝说,"嗯,我确实不喜欢。你总是爱发牢骚。千万别担心,一切都会很顺利的。回家进门时,大声叫我,我一定在家。"

可现在塔彭丝在哪里呢?

"小恶魔,"汤米说,"一定又到什么地方去了。"

他走进楼上刚刚见到塔彭丝的房间——她一定又在看哪本儿童书了。多半在为哪个笨孩子用红墨水笔画的线感到兴奋不已,努力寻找那个什么玛丽·乔丹的线索。那个并非自然死亡的玛丽·乔丹。汤米也觉得奇怪。这房子以前的主人姓琼斯,琼斯家在这儿住了三四年便把房子出售给了他们。在罗伯特·路易斯·史蒂文森作品上画线的孩子肯定要追溯到更久以前。然而塔彭丝并不在房间里,散置一地的书似乎没有引起她的兴趣。

"塔彭丝,你在哪儿?"汤米喊道。

他下楼又喊了两声。没有人回答。他看了看前厅里的挂钩。塔彭丝的雨衣不见了。她出去了。她去哪儿了?汉尼拔又在哪儿呢?汤米变换声调,呼喊着汉尼拔。

"汉尼拔——汉尼拔——汉尼拔!汉尼拔,快给我回来!"

汉尼拔也不在。

塔彭丝一定是带汉尼拔出去了,汤米心想。

他不知道塔彭丝带着汉尼拔是好是坏。汉尼拔一定不会眼看着危险降临在塔彭丝头上。但它也许会伤害到别人。带汉尼拔到别人家去，它会表现得非常友善；但擅闯汉尼拔居住地的人一定会引起它的疑心。一旦需要，不管有多危险，它都会大声吠叫或咬住对方。但现在他们在哪儿呢？

汤米在路上走了一会儿，没有看到牵着条小黑狗、穿着亮红色雨衣的中年女士。最后，他只能气鼓鼓地回到了家。

一股饭菜的香味飘来。他快步走到厨房，塔彭丝就在炉灶边，她回过头，绽放出迎接他回家的笑容。

"回来得可真晚，"她说，"这是盘蒸菜，你闻闻香不香？今天我在里面加了些稀罕的食材。院子里有些药草，希望它们能给菜里加入些香气。"

"不是药草就糟了，"汤米说，"可能是有毒的莨菪，或者是外表有欺骗性的洋地黄。你刚才去哪儿了？"

"带汉尼拔出去散步。"

汉尼拔这时才亮了相。它向汤米冲去，表示由衷的欢迎，差点把汤米撞翻在地。汉尼拔是只小黑狗，毛色光亮，尾部和双颊长着黄褐色的可爱斑点。它是纯种的曼彻斯特狗，自以为比其他狗聪明而高贵。

"天哪，我在这附近找了很久，你们到哪儿去了？天气可不太好啊！"

"天气的确不好，雾大湿气也大。而且——我累了。"

"你去哪儿了？上街买东西了吗？"

"今天店关得都很早，我只是去墓地了。"

"想想就令人沮丧，"汤米说，"你去墓地干吗？"

"我想找几个墓碑。"

"墓碑有什么好找的？"汤米说，"汉尼拔很高兴吗？"

"我得用绳子把它牵住了。一个像是教堂执事的人不时走出教堂大门,他似乎不太喜欢汉尼拔——汉尼拔可能也不喜欢他。我必须看着点汉尼拔,初来乍到的,让人对我们有偏见可不好。"

"你到底去墓地找什么?"

"去看看葬在那里的是些什么人。那里有很多墓。我是说,墓地里都是坟,连十九世纪的都有。有一两座墓甚至能追溯到更早以前。墓碑上的刻字已经模糊,看都看不清了。"

"我还是不明白你为什么要去墓地。"

"去做些调查。"塔彭丝说。

"调查什么?"

"我想知道乔丹家的人是不是葬在那里。"

"天哪,"汤米长叹一声,"你还在想着那件事啊!你是不是在找——"

"玛丽·乔丹已经死了,我们知道她已经死了,我们找到了那本说她并非自然死亡的书。所以说她应该葬在什么地方,你说是不是?"

"这是自然,"汤米说,"除非她就葬在这院子里。"

"我看不太可能,"塔彭丝说,"因为在字下画线的孩子一定是个男孩……既然叫亚历山大就一定是个男孩——他一定觉得自己很聪明,知道玛丽不是自然死亡。可如果只有他有所发现或坚信这个想法的话——我是说,没有其他人知道玛丽死于非命,她很可能被就此埋葬了——"

"这里没发生过犯罪事件。"汤米说。

"想杀人,不显眼的法子多着呢。毒杀,敲击头部或用汽车撞死——随便想到的就不下十几种。"

"我相信你可以想到很多,"汤米说,"塔彭丝,幸好你有颗善良的心，不会仅仅为了兴趣而去杀人。"

"但墓地里没有玛丽·乔丹的墓，连姓乔丹的都没有。"

"你一定很失望吧！"汤米说，"晚餐好了没有，我快饿死了。今天的菜好香！"

"刚好可以吃了，"塔彭丝说，"洗完手马上就开饭。"

第四章 姓帕金森的人真多

"姓帕金森的人可真多,"塔彭丝边吃边说,"以前我就认识很多,多得令人吃惊。各个年龄层次的都有,还有嫁出去的姑娘。到处都是帕金森。另外,姓凯普斯、格里芬、安德伍德和奥尔伍德的也很多。把其中两个组成一个名字那就有趣了"

"我以前有个朋友就叫乔治·安德伍德。"汤米说。

"安德伍德我也认识好几个,但只认识一个奥尔伍德。"

"你认识的奥尔伍德是男是女?"汤米似乎有了些兴趣。

"是个女孩,名叫罗斯·奥尔伍德。"

"罗斯·奥尔伍德?"汤米露出将信将疑的表情,"连起来不太顺。"他话锋一转,"吃完饭得打电话给电工了。塔彭丝,你千万要小心,别在上楼的楼梯口踩空啊!"

"不是自然死亡,就是非自然死亡,二者必居其一。"

"都是好奇心惹的祸,"汤米说,"好奇害死猫。"

"你就完全没有好奇心吗?"

"没有足以引发好奇心的理由啊!饭后吃什么点心?"

"蜂蜜馅饼。"

"塔彭丝,那真是太美味了。"

"喜欢就好。"塔彭丝说。

"后门外的包裹里是什么啊?是我们订的酒吗?"

"不是,"塔彭丝说,"是球根。"

"什么球根?"

"郁金香的球根。"塔彭丝说,"我要去找伊萨克老爹商量商量。"

"你准备种在哪里?"

"我想种在院子中间的小径两旁。"

"可怜的老头,看上去似乎随时会死。"汤米说。

"才不是呢,"塔彭丝说,"他健壮得很。园丁似乎都是这样。真正有本事的园丁过了八十还会长力气。那种三十四五岁,看似肌肉强健,老是说'我从不想离开院子'的年轻人反而没什么用。他们只能时不时地抖落些树叶,不管让他们做什么,他们只会说季节不对。那什么时候才是对的季节呢?没有人知道,至少我不知道。所以最后只好按他们的意思做了。伊萨克和他们不一样,他是个好园丁,几乎什么都知道。"接着塔彭丝又补充了一句,"包裹里似乎还有些番红花,我去看看在不在里面。今天伊萨克会过来教我怎样种花。"

"好吧。"汤米说,"等会儿我也去看看。"

塔彭丝和伊萨克愉快地见了面。他们将球根的包裹解开,开始商量种花的地点。先讨论的是早开的郁金香,它们在二月底就能灿烂开放;接着是花瓣上有美丽镶边、色泽艳丽的郁金香以及一些被称为"绿色郁金香"的花种,它们在五月底和六月初在长茎上开出美丽的花朵。因为这种浅绿色很别致,他们决定集中栽种在院子里僻静的地方,花开后可以摘来装饰客厅;如果种在大门通到屋子的小径旁,难免会引起访客的嫉妒与羡慕。装饰在客厅里的鲜花一定能让送肉食和百货的买卖人变得更有艺术气质。

下午四点,塔彭丝在厨房里拿出一个褐色茶壶,在里面灌满了茶。她在茶壶边放了方糖盒和牛奶罐,招待伊萨克回家前喝上一杯。接着她进屋去找汤米。

他一定在什么地方睡觉,塔彭丝心想。她一个个房间寻找,走到楼梯口时,看见一个人头从楼梯口地板的破口处伸了出来。

"夫人,全都弄好了。"电工说,"不用再小心翼翼了。"他接着又说,明早他准备在屋里的另外一个区域干活。

"希望你说到做到,"塔彭丝说完又补充了一句,"见到贝尔斯福德先生没有?"

"你丈夫吗?哦,他在楼上。我听到楼上有东西掉下来的声音。声音很重,应该是本书。"

"他怎么也去弄书了啊!"塔彭丝说,"真是受不了他!"

电工回到地板下面。塔彭丝走上已变为儿童书临时书房的阁楼。

汤米坐在取物梯顶,脚边的地板上散置着好几本书,书架上出现了几道显眼的缝隙。

"原来你在这儿啊!"塔彭丝说,"还假装对书不感兴趣呢,你看了很多书,对不对?本来整理得好好的书被你弄得乱七八糟。"

"对不起。"汤米说,"我只是想过来看看。"

"找到其他用红墨水笔画线的书了吗?"

"没有,没找到什么。"

"真是令人恼火。"塔彭丝说。

"一定是亚历山大搞的鬼,亚历山大·帕金森。"汤米说。

"就是的,"塔彭丝说,"就是那个姓帕金森的,无数帕金森中的一个。"

"我想,那家伙一定很懒,这样画线真是难为他了。只是我没找到更多有关于乔丹的信息。"汤米说。

"我问过伊萨克老爹,这附近的人他基本都认识。可他说他记不得有什么乔丹。"

"放在前门旁的铜灯你准备如何处理?"汤米一面下楼一面问。

"我想送到义卖会去。"

"为什么要卖掉?"

"这东西太碍事了。我记得是在国外买的,是不是?"

"是的,我们肯定是疯了才会买。你一直不喜欢它,你说你恨它。事实上我也有同感。另外它很重,太重了。"

"我说要把它送到义卖会去,桑德森小姐可高兴坏了。她说她要来取,我说我会用车送去。今天我们就送去吧?"

"我送去好了。"

"不,我想亲自送去。"

"好吧,我跟你一起去,"汤米说,"我可以替你搬进去。"

"不用,会有人替我搬的。"塔彭丝说。

"随你吧,你可悠着点儿啊!"

"知道了。"塔彭丝说。

"你想去是不是还有别的原因?"

"我只想跟大家聊一聊。"塔彭丝说。

"塔彭丝,我从来都猜不透你的打算。但这一次,从眼神就知道你要去干什么了。"

"你带汉尼拔散步,"塔彭丝说,"不能把它带到义卖会去,它一去就和别的狗打架。"

"汉尼拔,我们去散步好吗?"

汉尼拔一如往常立刻做出了肯定的答复。它的肯定与否定绝对不会被误解。它扭起身子，摇着尾巴，举起一只爪子，又放下，然后用头狂蹭汤米的腿。

"很好，"汤米对汉尼拔说，"我亲爱的小奴隶，你就是为此而存在的。我们快到街上去遛一圈吧，但愿有你爱闻的各种味道。"

"我会用绳子牵着你，"汤米说，"可不能像上回那样跑到马路上。那种可怕的'长车'会要了你的命的。"

汉尼拔望着汤米，仿佛在说："我从来都是条最听话的好狗。"这完全是在撒谎，但越跟汉尼拔亲近的人越容易被它欺骗。

汤米一边把铜灯放进车里，一边抱怨这东西太重了。塔彭丝开车走了。车拐了弯以后，汤米才把绳子系在汉尼拔的脖子上，带它上街。他们走进通往教堂的小巷，看见小巷里没什么车，汤米便把汉尼拔脖子上的绳子解了下来。汉尼拔把鼻子伸进柏油路旁的草丛中，呼哧呼哧不停地嗅着。如果它能说话，一定会说："美味极了！味道可真香啊！那一定是条大狗。一定是条野兽般的阿尔萨斯犬。"它低沉地吠了一声，"我讨厌阿尔萨斯犬，看到以前咬我的家伙，我一定要咬回去。啊，一条好大的母狗，长得太漂亮了。是的——是的——我想见见它，不知道它住得远不远，多半是从那一户跑出来的，应该没错。"

"快出来，"汤米说，"别跑到别人家里。"

汉尼拔假装没听见。

"汉尼拔！"

汉尼拔加快脚步，拐向通往厨房的转角。

"汉尼拔！"汤米喊，"你听见没有？"

"听见什么了，主人？"汉尼拔问，"你是在问我吗？嗯，我听见了。"

从厨房传来尖厉的犬吠声。汉尼拔惊惶失措地逃出门,躲在汤米脚后。

"好孩子!"汤米说。

"我是好孩子,对吧?"汉尼拔说,"需要保护时,我总在你的身旁。"

他们来到教堂墓地的边门。汉尼拔不知什么时候学会了自由改变形体的技能,尽管看上去很臃肿,可它随时能把自己变成一条细细的黑线。它轻松地从门的横木间钻进墓地。

"快回来!"汤米嚷道,"别去墓地。"

如果能说话,汉尼拔一定会说:"我已经进来了。"它像任何一条被放进空地的犬类一样四处闲荡。

"真拿你没办法!"汤米说。

汤米拨开门闩走进墓园,手里拿着牵狗绳追逐汉尼拔。汉尼拔跑到墓地的角落,似乎有意从微微打开的教堂大门挤进去。汤米终于赶上汉尼拔,在它的脖子上系上绳子。汉尼拔仰起头,似乎早就预料到了这个结果。"没关系。这让我显得很有威严,表示我是条非常重要的狗。"它满不在乎地摇动着尾巴。既然系着根绳子,就没人会反对汉尼拔跟主人一起在墓地里行走。汤米在墓地里徜徉,似乎想验证塔彭丝几天前的调查。

他在教堂的边门后面看到一块破旧的石碑,觉得这可能是墓地最古老的一块。这一片有好几块类似的石碑,大多刻着十九世纪的日期。但其中一块让汤米看了很久。

"奇怪!"汤米说,"真是太奇怪了。"

汉尼拔抬头看着汤米。它不知道主人的话是什么意思。这块墓碑没有引起它的任何兴趣。它坐在地上,迷惑不解地看着主人。

第五章 义卖会

她和汤米毫无兴趣的铜灯在义卖会上竟然大受欢迎，塔彭丝对此非常开心。

"贝尔斯福德夫人，谢谢你带来了这么好的东西，真是太别致了。一定是去外国旅行时带回来的吧？"

"是的，我们在埃及买的。"塔彭丝说。

和对购买的地点一样，她对时间也不确定，多半有八到十年了。至于地点，也许是大马士革，也可能是巴格达或德黑兰。但塔彭丝觉得，既然埃及正成为大家谈论的中心，说是埃及似乎会更有趣。况且，铜灯也很有埃及的风格。即使是在其他国家买的，也可能是模仿埃及某个时代的东西。

"放在我们家里太大了，"塔彭丝说，"所以我想——"

"我想我们得抽奖销售了。"里特尔小姐说。

里特尔小姐是义卖会的负责人。她在这一带的绰号叫"教区的打气筒"，教区发生的事没有她不知道的。她的姓氏很容易引起误会，其实她是一个身躯伟岸的高大女人[①]。她的教名是多萝西，人们常叫她多蒂。

"贝尔斯福德夫人，希望您莅临义卖会。"

[①]里特尔的英文是 Little，意为"小巧玲珑的"。

塔彭丝说保证会来。

"我简直等不及要来买东西了。"塔彭丝爽快地说。

"哦,真高兴您这么想。"

"我觉得这种形式非常好,"塔彭丝说,"我是说义卖会。因为——这能让物品体现出价值。我是说,一个人的闲置物品对别人也许是件宝贝。"

"我们一定会把这句话告诉牧师。"普莱斯·里德莉小姐说。她是个身材瘦小的老小姐。她接着又说:"他听了一定很高兴。"

"这个纸糊的水桶就相当棒。"塔彭丝提起脚旁的水桶说。

"你觉得会有人买吗?"

"如果明天我来时它还没有被卖掉,我就买下来。"

"可现在大家都用漂亮的塑料桶了吧。"

"我不太喜欢塑料,"塔彭丝说,"这种纸糊的桶其实非常好,一股脑放许多瓷器也不会破。这种老式的开罐器我也很喜欢。带有牛头装饰的开罐器最近已经很难见到了。"

"这种开罐器可费事了,电动开罐器不是更方便吗?"

交谈持续了一阵子。接着,塔彭丝问起有没有她可以帮忙的事。

"贝尔斯福德夫人,麻烦您布置一下美术品贩卖区。您一定很有艺术感。"

"我可完全没有艺术感。不过我很乐意帮忙布置艺术品贩卖区。如果有哪里做得不好,请告诉我一声。"

"人手不够的时候有你帮忙真是太好了。很高兴你能来。你的新居快整理好了吧?"

"原本应该好了。"塔彭丝说,"可是看来还要花好长一段时间。电工、木工真是难缠,他们动不动就回家。"

关于塔彭丝对电工行和煤气公司的指责,众人谈论了一小会儿。

"最糟的是煤气公司的人,"里特尔小姐笃定地说,"他们都来自下斯坦福区。电工只有来自威尔班克的才好。"

牧师的到来使在场的人改变了话题。牧师说了些感激的话,并表示很高兴见到新来的教区居民贝尔斯福德夫人。

"我们都很了解你,"牧师说,"也很了解你的先生。前些天和你们的谈话非常有趣。你们的生活一定充满了乐趣。我想你们大概不想多谈上次大战时的事,你们在大战时的表现可真是活跃。"

"牧师,把他们的故事给我们讲讲吧。"一个摆果酱瓶的女人从摊位边走来。

"我是从秘密的渠道听到这些事的,"牧师说,"贝尔斯福德夫人,昨天我看到你在墓地边散步。"

"是的,"塔彭丝说,"我参观了教堂,这里有几扇非常吸引人的窗户。"

"北边侧廊的那扇窗户是十四世纪留下的,其他大都是维多利亚时代的。"

"在墓地散步的时候,"塔彭丝说,"我发现帕金森家的坟墓可真不少。"

"的确如此。这一带以前有个姓帕金森的大家族,但我一个都记不得了。拉普顿夫人,你还记得帕金森这家人吗?"

拉普顿夫人年纪很大了,撑着两根手杖。听到牧师的招呼,她的表情颇为喜悦。

"没错,我很清楚帕金森夫人在世时的事情——就是那个住在'领主府邸'的帕金森老夫人,是位了不起的老夫人,非常了不起。"

"此外,我还看到一些索默斯和查特尔顿家的坟。"

"你对这一带的情形倒是相当清楚啊!"

"其实,我还听过些关于乔丹的事——是安妮或玛丽·乔丹吧?"

塔彭丝环视众人,乔丹这个名字没有引起人们的特别注意。

"有人用过一个姓乔丹的女厨子,是布拉克威尔夫人家的,原名叫苏珊·乔丹,只留了半年,用得很不开心。"

"那是很久以前的事吗?"

"八年或十年以前,不会比这更久。"

"现在还有姓帕金森的人住这儿吗?"

"没有,他们很久以前就离开了。其中一个娶了表妹,搬到肯尼亚去了。"

塔彭丝跟和当地儿童医院颇有渊源的拉普顿夫人攀谈起来。"我想知道您那边是不是需要些儿童读物?不过都是些旧书。买下原来房主的家具时,我们得到了许多童书。"

"贝尔斯福德夫人,你真是太好了。事实上,我们收到过不少好书,全是为现在的孩子写的。让孩子看老书未免太可怜啦。"

"你这样认为吗?"塔彭丝问,"我很喜欢孩提时代看过的书,其中一些来自于我奶奶的孩提时代。我很喜欢那些书。我不会忘记《金银岛》、莫斯沃思夫人的《四面来风的农场》,以及斯坦利·韦曼的一些作品给我留下的阅读体验。"

她环视四周——接着不情愿地看了看表,发现时间已晚,便和大家道别离去。

回到家,塔彭丝把车开进车库,然后绕过房子向前门走去。她走进打开的门,阿尔伯特出门低头迎接。

"夫人,是否要来杯茶?您看上去非常累。"

"我不累,"塔彭丝说,"我已经在义卖会组织协会喝过茶了。那里的点心很好,但圆面包可不敢恭维。"

"圆面包很难做。跟油炸面包圈一样难,"阿尔伯特叹了口气说,"艾米做油炸面包圈可在行了。"

"是的,那种油炸面包圈根本没人能做。"

艾米是阿尔伯特的妻子,几年前去世了。但在塔彭丝看来,艾米做的蜂蜜馅饼十分可口,油炸面包圈却不是很好。

"油炸面包圈的确很难做,"塔彭丝说,"我就做不了。"

"做那个是要有诀窍的。"

"贝尔斯福德先生呢?他出去了吗?"

"不,在楼上呢。在那个被称为书房什么的房间。我还是习惯称它为阁楼。"

"他在那儿干什么?"塔彭丝微感意外地问。

"大概依旧在看书。照你的说法,他是在收拾。"

"真没想到。"塔彭丝说,"他根本不喜欢那些书。"

"绅士就应该那样,难道不是吗?"阿尔伯特说,"他们应该喜欢那些大部头的书,那些难懂的学术书!"

"我上去看看他,"塔彭丝说,"汉尼拔呢?"

"多半和主人在一起。"

这时汉尼拔出现了。它认为狂吠是看门狗不可或缺的必要素质,在狂吠了一阵之后,它判断出来人是自己喜欢的女主人,而不是偷汤匙或袭击主人的强盗。它垂下粉红色的舌头,摇着尾巴,从楼梯上跑下来。

"很高兴见到妈妈吧?"塔彭丝问。

汉尼拔说它很高兴看到妈妈,然后猛力扑向塔彭丝,差点把妈妈撞倒在地。

"轻点儿。"塔彭丝说,"轻一点,你要杀了我吗?"

汉尼拔清楚地传达了它的意思,说它非常喜欢她,想用"吃"的动作来表示它对她的爱。

"你的主人在哪里?你爸爸呢?在楼上是不是?"

汉尼拔听得懂她的意思。它跑上楼梯,回头等待塔彭丝跟过来。

"你可真是快!"塔彭丝微微喘着气走进书房。汤米正跨坐在取物梯上把书摆进拿出。"你在干什么?我还以为你带汉尼拔出去散步了呢。"

"的确去散步啦。"汤米说,"我们去了墓地"。

"怎么去墓地了?他们不喜欢狗进去。"

"我一直给它系着绳子。"汤米说,"另外,不是我带它去的,而是它带我去的。它好像很喜欢墓地。"

"最好不要让它养成习惯,"塔彭丝说,"你知道汉尼拔是什么样的狗,它喜欢自己决定日常的事。一旦去那儿成了习惯,我们可就惨了。"

"它对这种事的确非常在行。"

"这其实是种任性。"塔彭丝说。

汉尼拔回身走向塔彭丝,用鼻子蹭着她的腿肚子。

"它说,"汤米说,"它是条非常聪明的狗,远比你和我要聪明。"

"你这是什么意思?"塔彭丝问。

"一下午过得开心吧?"汤米改变了话题。

"谈不上有多开心,"塔彭丝说,"但大家对我都很友好。以后我不会像今天这样去打扰她们了。开头非常困难,大家看起来都很像,穿着同样的衣服,简直分不出谁是谁。我是说,只有特别漂亮和特别丑的人我才认得出。但乡下人特别美和特别丑的人都不多,你说是不是?"

"刚才我不是说,我和汉尼拔都非常聪明吗?"

"你刚才说汉尼拔非常聪明。"

汤米伸手从眼前架子上取下一本书。

"《绑架》,"汤米说,"这也是罗伯特·路易斯·史蒂文森的作品。似乎有人非常喜欢罗伯特·路易斯·史蒂文森。除了《黑箭》、《绑架》和《卡特里奥娜》之外,还有另外两本史蒂文森的书。多半是宠爱孙子的奶奶和婶婶送给亚历山大·帕金森的。"

"你这是怎么了?"

"我找到他的坟了。"汤米说。

"找到什么了?"

"其实是汉尼拔找到的,在教堂的一扇小门边的角落里找到的。我猜那是通往圣器室的门。他死时才十四岁,名叫亚历山大·理查德·帕金森。汉尼拔在那附近嗅来嗅去。我把它赶走才看见了墓碑。虽然磨损得厉害,但我仍然设法看清了墓志铭。"

"只有十四岁,"塔彭丝说,"真是太可怜了。"

"的确很可怜,而且——"

"我很想知道你想到了什么。"塔彭丝说。

"塔彭丝,你总是能感染我。这是你最可怕的地方。你一旦对某些事热心起来,除了自己钻进去,还总会让周围的人也产生兴趣。"

"我不懂你的意思。"

"我想这可能是件有因果关系的案子。"

"汤米,你这是什么意思?"

"我在想,亚历山大·帕金森费了很大工夫在书里用某种密码留下了神秘的信息,并且自己乐在其中。'玛丽·乔丹并非自然死亡。'这是真的吗?如果玛丽·乔丹确实不是自然死亡会怎么样?果真如此,亚历山大·帕金森就逃不掉了。"

"你难道真的以为——"

"有心的人都会觉得奇怪,"汤米说,"我也不能除外——为什么十四岁就死了呢?墓碑上没提到他的死因,只写着《圣经》里的句子:'你的生前洋溢着欢乐。'就这么简单的一句。但照目前的情况来看,他很可能掌握了对其他人不利的线索,所以他必须得死。"

"你说他是被谋杀的?这只是你的想象吧?"塔彭丝说。

"这是你起的头啊。想象和怀疑是一回事,你说是不是?"

"我们必定会一直猜疑下去,"塔彭丝说,"这个案子很难再有所发现,那已经是很久很久以前的事了。"

两人互看了一眼。

"时间过得真快,去年这个时候我们正调查珍妮·芬恩的命案呢。"汤米说。

他们再一次互相凝望,两人的心又回到了过去。

第六章 疑问

搬家常被认为是一种令人享受的舒适的运动，可事后才知并非如此。

很多事需要跟电工、建筑师、木工、油漆匠、壁纸工、出售冰柜、煤气炉和灶具的商人、家具商、窗帘制造商、窗帘工人、铺油毡和地毯的人交涉或协商。每天不仅有预定的工作，而且还会有四到十二个访客；这些客人中，有的你知道会来，有的早就被忘得干干净净。

终于到了塔彭丝舒口气的时刻，宣布各项工作都已完成。

"我觉得厨房已经大致完成了，"她说，"只是还没找到适合的面粉罐子。"

"是吗？"汤米问，"这要紧吗？"

"很让人头疼。我们通常都买三磅装的面粉，但这类容器很少。现在的面粉罐都很漂亮，有的是美丽的玫瑰花纹，有的是向日葵花纹，但都只能装一磅的面粉。真是太傻了。"

塔彭丝又想到了另一个问题。

"月桂山庄是什么意思？"她问，"取这样的名字真是太无聊了。真不知道为什么要把这里称为'月桂山庄'？这里可没有月桂树啊。叫'悬铃山庄'还差不多，这里的悬铃树非常好。"

"听说'月挂山庄'以前叫'斯科菲尔德山庄'。"

"这名字也没什么含义。"塔彭丝说,"斯科菲尔德是什么?当时住在这里的又是什么人?"

"是一家姓沃丁顿的人。"

"真够复杂的,"塔彭丝说,"沃丁顿之后是卖房子给我们的琼斯。沃丁顿之前应该是布拉克摩尔家吧?我猜帕金森家曾经住在这里。无数的帕金森。我经常会遇见姓帕金森的人。"

"你怎么知道的?"

"我打听到的,"塔彭丝说,"如果能弄清楚一些帕金森家的事,困扰着我们的问题就不难解决了。"

"现在大家管什么事都叫'问题'。最近困扰我们的是玛丽·乔丹的问题,你是指这个吗?"

"不仅是这个。帕金森家有问题,玛丽·乔丹有问题,此外还存在许多问题。玛丽·乔丹不是自然死亡。接下来的信息是:'凶手是我们之中的一个。'那是指帕金森家的成员还是指住在这房子里的人呢?帕金森家可能有两三个姓帕金森的人,有老帕金森,也有名字不同却同姓帕金森的舅妈、外甥或外甥女,还有女佣、女管家或者厨娘。甚至或许还有家庭教师;应该没有借家教换取食宿的女孩吧;那时还没有这种女孩——'是我们之中的一个',一定是指住在这屋子里的某个人。所谓'这屋子里',它的意义跟现在不同,起居其中的人应该全都包括在内。玛丽·乔丹可能是女佣、女管家,也可能是厨娘。可为什么有人要她死呢?为什么不是自然死亡?总之,一定有人希望她死,否则她应该是自然死亡才对,你说是吗?后天我要和村子里的人一起喝早茶。"塔彭丝说。

"你似乎常常和她们一起喝早茶。"

"这是认识邻居和村里人的最好办法。这不是个很大的村子。

大家常谈起他们的姑婆或认识的人。我想先从格里芬夫人入手。她显然是这一带的重要人物,有极大的影响力。牧师、医生及教区护士在她面前都不敢乱说话。"

"教区护士能给我们提供帮助吗?"

"恐怕不能。她已经死了。我是说帕金森时代的教区护士已经死了,现在的护士刚搬过来,似乎对此没什么兴趣。帕金森家的人恐怕她一个都不认识。"

"真希望我们能忘掉所有的帕金森!"汤米绝望地说。

"这样问题就会自然消失吗?"

"天哪,又来一个问题。"

"应该说是比阿特里斯。"塔彭丝说。

"比阿特里斯是什么?"

"是带出问题的女人。更准确地说,是我们在比阿特里斯之前的那个女佣伊丽莎白。她常跑来对我说:'夫人,能跟你谈一下吗?事实上,我有个问题要找你。'比阿特里斯每周四来,她想必听见了伊丽莎白的话。于是她也带了问题来。虽然这只是种聊天的方式——但她常称之为问题。"

"我知道了,"汤米说,"我们就延用这个说法吧。你有问题,我有问题,我们俩都有问题。"

汤米叹了口气,离开了。

塔彭丝摇着头缓缓走下楼。汉尼拔满怀希望,摇着尾巴,弓着身子朝她走来。

"不行,汉尼拔,"塔彭丝说,"你不是已经散过步了吗?早晨我们不是已经散过步了吗?"

汉尼拔的样子仿佛在说:你弄错了,我还没有散过步。

"真没见过像你这么会说谎的狗,"塔彭丝说,"你不是跟爸爸散过步了吗?"

汉尼拔又尝试了一下。如果主人采取与狗一样的立场,任何狗都能获得第二次散步的机会。这种努力还是白费了,它走下楼梯,朝着头发蓬乱、正在操作吸尘器的女孩狂吠,并作势要咬过去。它讨厌吸尘器,也反对塔彭丝跟比阿特里斯长谈。

"请不要让它咬我。"比阿特里斯说。

"它不会咬你,"塔彭丝说,"它只是装装样子罢了。"

"有一天可能真的会咬,"比阿特里斯说,"夫人,我有事想跟你谈。"

"哦,"塔彭丝说,"你是想说——"

"夫人,事实上我有一个问题。"

"我想到了,"塔彭丝说,"你有什么问题?但我想先问一下,你是否知道住在这里的人或者以前住在这里的人中间有个叫乔丹的人吗?"

"乔丹吗?好像没听说过。有个叫约翰逊的——警官里有个叫约翰逊的;邮差里有个乔治·约翰逊,是我的朋友。"她微笑着。

"你没听说过死去的玛丽·乔丹吗?"

比阿特里斯表情惊讶——她摇了摇头,随后又展开话题。

"夫人,我想继续刚才提到的问题。"

"哦,是的,你的问题。"

"夫人,希望你别介意我的唠叨。只是我的立场非常尴尬,我不喜欢——"

"快点说,我还要去喝早茶呢。"

"是在巴伯夫人那里吗?"

"是的,"塔彭丝说,"你有什么问题?"

"呃,是一套衣服,非常漂亮。就在西蒙兹服装店,我试穿了一下，非常合适。只是裙子下摆的地方有块斑点，不过我并不怎么在意，无论如何，它——"

"好了，"塔彭丝说，"它到底怎么了？"

"我觉得是因为这个斑点，它才会这么便宜，所以我买了下来。到此为止一切顺利。可是，我回家一看，大衣上有标签，上面写着六英镑，我却以三镑七十便士就买下来了。我不喜欢这样，夫人，我不知该怎么办。于是，我把衣服带回店铺——我想最好把大衣还回去，并且告诉他们我不愿意这样就带回家。可把衣服卖给我的女店员——一个名叫格拉迪斯的好女孩，我不知道她的姓——她大惊失色，显得害怕极了。我对她说：'没事，我把不足的钱补给你。'她说：'不行，已经入账了。'你该明白我的意思了吧？"

"我想我明白。"塔彭丝说。

"格拉迪斯又说：'你不能这样做，我会有麻烦的。'"

"为什么会给她带来麻烦呢？"

"是啊，我也不明白。我想说的是，大衣的出售价格比标的价码便宜，我送回去为什么反而会给她带来麻烦呢？我实在弄不懂。格拉迪斯说，她太粗心，没注意标签，导致以错误的价格卖出，可能会因此被解雇。"

"应该不至于吧？你做得很对。不然又该怎么办呢？"

"问题就在这里。她非常不安，而且哭了起来，我只好把衣服带回家，为此我一直惴惴不安，不知道这是不是属于欺诈——真不知道该怎么办才好。"

"是啊，"塔彭丝说，"我年纪已经太大，店里的事都弄不懂了。商品的价格很怪，所有事都很难处理。如果我是你，又想把不足的钱补给她，就最好把钱给她，对了，她叫什么名字——是格拉迪斯吧，她完全可以把钱放进抽屉啊。"

"我不想这样做，她也许会把钱据为己有。如果她拿了钱，偷钱的责任就落在我头上了，但其实偷钱的并不是我，是格拉迪斯才对。我不知道自己能否相信她。哦，上帝啊。"

"是的。"塔彭丝说，"生活就是这么复杂。比阿特里斯，我觉得这件事必须由你自己决定，如果你不相信你的朋友——"

"她可不是我的朋友，我只是在那里买东西而已。我和她很谈得来，但远远算不上是朋友。她在以前工作的地方似乎惹过些小麻烦，听说她把卖东西的钱给拿走了。"

"既然这样，"塔彭丝有点绝望地说，"我就无能为力了。"

她以严厉的口气招来了汉尼拔。汉尼拔向比阿特里斯叫了一阵，然后扑向被它视为不共戴天仇敌的吸尘器。"我不信任吸尘器。"汉尼拔说，"我想把它咬个稀烂。"

"汉尼拔，安静！别再叫了。人和东西都不能咬。"塔彭丝说，"糟糕，我要迟到了。"

她慌忙从屋里跑出去。

"到处都是问题。"塔彭丝走下山，沿着果林路朝前走。以前这里的房子旁边真有果林吗？看起来不太像。

巴伯夫人兴高采烈地出门迎接，递上可口的奶油酥饼。

"真是可口，"塔彭丝说，"是在贝特比饼屋店买的吗？"

贝特比饼屋是当地知名的点心店。

"哦，不，这是我阿姨做的。她手艺很棒，做的糕点非常好吃。"

"奶油酥饼非常难做。"塔彭丝说，"我就做不好。"

"要用一种特别的面粉,不然就不好吃。"

她们一面喝茶一面谈论做菜的诀窍。

"贝尔斯福德夫人,博兰德小姐前两天谈到过你。"

"哦?是吗?博兰德?"塔彭丝问。

"她住在牧师家隔壁。她们家住在这儿很久了。最近她告诉我们,她从小就搬到这儿了。她说那时她很希望来这儿定居,这里有非常可口的醋栗和李子。像样的李子已经很少了——有些水果虽然也叫李子,但味道却完全不同。"

两位老夫人开始谈论起与童年记忆完全不同的那些水果。

"我叔伯家有李树。"塔彭丝说。

"哦,是的,就是在安切斯特做牧师的那个叔伯吧?亨德森牧师和他的妹妹以前住在这里。非常悲惨的结局。他妹妹吃了个带亚麻籽的蛋糕,一粒亚麻籽跑进气管,把她呛住了,她因此窒息而死。太可怜了,你说是不是?"巴伯夫人说,"我的一个堂兄也是噎死的,被羊肉噎死的。还有人因打嗝不止而死。他们不知道有句顺口溜,"她接着加以解释,"'嗝,嗝,嗝,嗝到下个镇。三嗝后喝葡萄酒,酒能帮你解三嗝。'屏住呼吸才说得好这句顺口溜。"

第七章 更多的问题

"夫人,我能跟你谈谈吗?"

"哦,天哪,不是又出什么问题了吧?"塔彭丝问。

她走出书房,一边下楼一边掸掉衣服上的灰尘。她穿着最好的套装,戴着饰有羽毛的帽子,准备应前几天在义卖会上认识的新朋友之邀去参加茶会。她没时间去听比阿特里斯遭遇的难题了。

"不是新的问题。只是想告诉你一件也许你会感兴趣的事情而已。"

"是吗?"塔彭丝说。她觉得这很可能是比阿特里斯的借口,她缓缓停下脚步,"我必须得走了,茶会快迟到了。"

"是你之前打听的那件事,是玛丽·乔丹对不对?但大家都以为是玛丽·约翰逊。很久前邮局里有个叫贝琳达·约翰逊的,大家把这两个人弄混了。"

"有人告诉我,这里还有个叫约翰逊的警察。"塔彭丝说。

"是的,呃,总之,我的那位叫格温达的朋友——店铺的一边是邮局,另一边是卖信封和卡片之类的商店,圣诞节前也卖些陶器,此外——"

"我知道,"塔彭丝说,"好像是一家叫格里森的杂货店。"

"是的,但那里的老板已经不姓格里森了,是一个完全不同的名字。格温达恰巧听说过很久前住在这儿的一个玛丽·乔丹,她想你可能会有兴趣。我是说,就住在这幢房子里。"

"是住在'月桂山庄'吗?"

"当时不叫'月桂山庄'。格温达听过玛丽·乔丹的一些事情,她觉得你也许会有兴趣。据说玛丽·乔丹遭遇了一场悲惨的事故。总之,她死了。"

"你是说她去世时住在这幢房子里?她是这家的人吗?"

"我想住在这里的人是姓帕克之类的。那时姓帕克的人很多——帕克或帕金森之类的。我想她只是在这暂住。我觉得格里芬夫人应该知道这件事,你认识格里芬夫人吗?"

"不太认识。"塔彭丝说,"事实上,今天下午我就要去格里芬家参加茶会。前两天我在义卖会跟她说过话,以前从没见过面。"

"她年纪很大了,外表比实际年龄年轻。她记性很好,我记得帕金森家的孩子有一个是她的教子。"

"那个男孩的教名是什么?"

"亚历克,应该是这类的名字,不是亚历克就是亚历克斯。"

"他后来怎么样了?长大,离开,然后去当兵或者做船员了吗?"

"哦,没有。他死了。我想应该就埋在这里。这种事很常见,因为人们对此束手无策。不过是有个教名叫亚历克的孩子遇到了这种事而已。"

"你是说病死的吗?"

"应该霍奇金病之类的。不对,是个类似于教名的名称。我也不太清楚,只听说是一种会让血液变色的病。要放血再注入健康人的血液才能治好。只是这种病大都没救。比林斯夫人,就是村里蛋糕店的老板娘，她的一个女儿七岁时就得这种病死了。据说这种病夺去了很多孩子的性命。"

"你说的是白血病吗？"

"原来你知道啊，就是这个名字。据说，这种病将来可以被治好，就像伤寒可以用打预防针来防治一样。"

"是的，将来可以，"塔彭丝说，"可惜了这孩子。"

"他不是什么小孩子，应该读小学了，有十三四岁了吧。"

"真是件令人难过的事情，"塔彭丝停了一下又说，"哦天哪，已经这么晚了，我必须赶紧走了。"

"我想格里芬夫人能告诉你一些事。我不是说她记得，但她在这个村子长大，听到的事一定不少。她经常提到以前住在这里的人和事，甚至包括一些真正的丑闻。这是爱德华时代或维多利亚时代的说法，究竟是哪一个时代，我也不知道，我想是维多利亚时代，那时老女王还活着，所以一定是维多利亚时代。大家都把它说成爱德华时代，或称为'马尔堡家族'，很像上流社会是不是？"

"是的。"塔彭丝说，"是上流社会的聚会。"

"而且相当秽乱。"比阿特里斯以热切的口吻说。

"秽乱之事确实不少。"塔彭丝说。

"连年轻女孩都常常做些不该做的事。"比阿特里斯说，她不愿就此与女主人分手，拼命寻找一些有趣的话题。

"你说错了，"塔彭丝说，"我想年轻女孩都过着纯洁的生活，而且很早就嫁人了。不过很多都嫁给了贵族。"

"哦，她们可开心了，"比阿特丽斯说，"有那么多漂亮衣服，去赛马场、舞会和宴会厅。"

"是的，"塔彭丝说，"那时有很多舞会。"

"我曾经认识一个人,她奶奶在上流人家当用人。她见过许多人,其中包括威尔士亲王——也就是后来的爱德华七世——据说爱德华七世为人很好,待仆人也很好。她离开时把亲王的洗手肥皂带走了,一直都保存着,我们小时候她常拿给我们看。"

"你们一定非常激动吧,"塔彭丝说,"那是一个振奋人心的时代,亲王也许还在'月桂山庄'住过呢!"

"这我倒没听说。要是有这种事,我一定会知道。只有帕金森一家在这儿住过,没有伯爵夫人或侯爵夫人,也没有贵族。帕金森家的人大都经商,非常有钱,不过也不至于令人兴奋,是吗?"

"那也要视情形而定。"塔彭丝说,她接着又补充道,"我想我该——"

"夫人,你是必须得走了。"

"谢谢你。我真不该戴这顶帽子,头发被弄得乱七八糟的。"

"你刚才把头伸进有蜘蛛网的角落了。我来把它掸掉,这样你就不会再沾上了。"

塔彭丝奔下楼梯。

亚历山大一定也跑过这段楼梯,她想,估计跑过很多次。他知道,凶手是我们之中的一个。这件事真是越想越令人觉得奇怪。

第八章 格里芬夫人

"贝尔斯福德夫人,很高兴你和丈夫选择到这里居住。"格里芬夫人一面倒茶一面说,"要糖或者奶吗?"

她递过来一盘三明治,塔彭丝毫不客气地享用了。

"在乡下能找到有共同话题的邻居真是件难得的事。以前你就知道这里吗?"

"不知道,"塔彭丝说,"完全不知道,我们看了许多房子——房地产经纪人送来了详细的购房指南。大部分房子都很可怕,我们还去看了一幢被称为是'充满旧世界魅力'的房子。"

"嗯,我知道那种房子,"格里芬夫人说,"所谓'旧世界的魅力'通常是指必须翻修屋顶或湿气很重的房子。至于'完全现代化',呃,这说法谁都明白是什么意思:很多不必要的小装饰,窗外的视野很不好,住起来提心吊胆的。不过'月桂山庄'很有吸引力,你做了笔好买卖,很多人都想来入住。"

"我想很多人都在这儿住过吧?"塔彭丝说。

"是的。现在的人们似乎不愿意长期住在同一个地方。卡斯巴特森家和雷德兰家都住过那儿,雷德兰家之前是塞摩尔家,之后是琼斯家。"

"我们很想知道那里为什么会取名叫'月桂山庄'。"塔彭丝说。

"很多人喜欢替房子取这类名字。当然，很久以前帕金森家住在那儿的时候，那里确实有月桂树。蜿蜒的车道旁种了许多，有的树上有斑点，我不喜欢有斑点的月桂树。"

"同意，我也不喜欢。"塔彭丝说，"以前这儿似乎有许多姓帕金森的人。"

"是的。帕金森家在'月桂山庄'住得最久。"

"似乎没人记得他们了。"

"嗯，你知道，那是很久很久以前的事了。就在——呃——我想——发生过那种麻烦以后，村里人对他们有了想法，见他们出售房子也就不觉得奇怪了。"

"房子不好？"塔彭丝抓住这个机会，"不利于健康？"

"哦不，不是房子的问题，我指的是人。当然，那怎么说也是件很不光彩的事情——发生在第一次大战期间。没有人相信这种事。可我奶奶却总是提起，还说这件事和海军机密有关——是一种新型潜水艇。据说一个住在帕金森家的女孩牵涉其中。"

"是玛丽·乔丹吗？"塔彭丝说。

"是的，是的，就是玛丽·乔丹。后来人们猜测这不是她的真名。也许已经有人怀疑过她好一阵子了。怀疑她的就是那个亚历山大，那是个好孩子，也很聪明。"

第二部

第一章 很久之前

塔彭丝在挑选生日卡。午后，天空中飘着小雨，邮局里几乎没什么人。大多数人把信投进邮局外的信箱，偶尔有人匆忙过来买邮票，办完事后便匆匆离开。这是个邮局业务相对比较空闲的时段。塔彭丝心想，真是选对了时间。

根据比阿特里斯的描述，塔彭丝轻而易举地认出了格温达。格温达很乐意帮忙。她负责邮局角落的家庭用品柜台。邮政业务由一个灰发老妇人负责。格温达是个喜欢说话的女孩，对新搬来的人很感兴趣。她站在圣诞卡、情人卡、生日卡、漫画明信片、便条纸、文具用品、各类巧克力和家用陶器之间，显得非常快活。塔彭丝很快就跟她交上了朋友。

"很高兴'亲王府邸'有人入住。"

"我以为那里一直叫'月桂山庄'。"

"不不，以前不叫'月桂山庄'。这里房子的名称总是在变，大家都喜欢替房子取个新名字。"

"似乎是这样。"塔彭丝若有所思，"我们也想过给它取个新名字。顺便提一句，比阿特丽斯说你似乎认识以前住在这儿的名叫玛丽·乔丹的人。"

"我不认识，只是听人说起过。那是大战时期的事，但不是最近这一次。事情要追溯到很久以前齐柏林飞艇的时候了。"

"我听说过齐柏林的事情。"塔彭丝说。

"那是一九一五年或一九一六年伦敦遭到空袭时发生的事情。"

"我记得那天我和姨婆去了海陆军商店,警报突然响了。"

"飞机总是在晚上来,是吗?我想一定非常可怕。"

"事实上并不可怕。"塔彭丝说,"大家都非常兴奋。更可怕的是飞弹——像这次大战一样。它们像长了眼睛一样跟在人后面,有时甚至跟到了大街上。"

"晚上常在地铁站过夜,是不是?我在伦敦有个朋友,她晚上常睡在地铁车站里。沃伦街的车站,每个人都有自己特定的车站。"

"大战时我不在伦敦,"塔彭丝说,"整晚在地铁站待着真是太可怕了!"

"我的朋友珍妮却觉得非常有趣。每个人在车站的楼梯上占据一块地盘,在那儿睡觉、吃三明治、跟大家聊天,就这样过一整晚,听起来很不错吧!地铁也一直开到早晨。珍妮说战争结束以后,她反倒不习惯回家了。"

"总之,一九一四年还没有飞弹,只有齐柏林的飞艇。"塔彭丝说。

格温达对齐柏林的飞艇显然不感兴趣。

"我想问的是有关玛丽·乔丹的事,"塔彭丝说,"比阿特丽斯说你认识她。"

"不怎么认识——听过一两次她的名字而已,但那是很久以前的事了。奶奶说她有一头漂亮的金发,是个德国人,负责照顾孩子,可以说是个保姆吧,原本跟一个海军家庭住在其他地方,我想应该是苏格兰。之后才来到这个村子,住帕克斯或帕金森家。她一个星期可以休息一天,去伦敦取些东西。"

"取什么东西?"塔彭丝说。

"我不知道——没人知道,也许是偷来的。"

"有人发现她偷东西吗?"

"我不知道,没人见过她偷,只是在怀疑而已。不过她很快就得病死了。"

"她是怎么死的?死在村里的吗?没有送去医院?"

"不——那时村里没有医院,不像现在有那么多福利设施。听说厨子犯了个严重的错误。他把洋地黄当成菠菜带进了厨房——也许是错当成了生菜。不,不会是那个厨子。有人说是致命的颠茄。但我不相信,如果是颠茄的话,谁都看得出来。没人会把浆果类的颠茄当作蔬菜。我觉得是从院子里误摘的洋地黄叶子。洋地黄就是地高辛,反正就是像手指一样的名字[①],它有毒——赶来的医生虽然尽了全力,但已经太晚了。"

"事情发生时房子里有很多人吗?"

"我想一定不少——因为那时候房子里常有客人留宿,孩子也有不少。还有来度周末的客人、保姆、家庭教师或受邀的客人。不过,这些并不是我亲眼所见,都是奶奶告诉我的。波多黎科老爹也经常谈起。波多黎科老爹是常在这一带的老园丁了,曾在那家工作过。起初,有人说是他搞错了叶子,他因此遭到了大家的指责,但其实并不是他。是房子里的某个人来帮忙摘园中的蔬菜,摘到了毒草送到厨子那里。你知道,菠菜和生菜……总之就是这类东西,我猜他们分不清楚蔬菜的样子,于是摘错了。在调查死因的庭审中,有人说那是谁都可能犯的错误。菠菜和酢浆

[①] 地高辛英文写作"digoxin",与有手指之意的"digit"相近。

草都长得都很像地高,哦,随便它叫什么吧,他们可能把这两种植物的叶子混在一起了。这实在令人难过。奶奶说她是个非常漂亮的金发女孩。"

"她每星期都去伦敦吗?你说她只有一天假可以外出。"

"是的,她说她在伦敦有朋友,玛丽是外国人——奶奶说有人认为她是德国间谍。"

"她是吗?"

"我觉得不是。男士们都很喜欢她。海军军人和谢尔顿兵营的陆军也都很喜欢她。玛丽在兵营里有一两个朋友。"

"她真的是个间谍吗?"

"我想不是。奶奶也说那是个谣传。不是上次战争时的事,而是在那之前很久的事了。"

"真有趣,"塔彭丝说,"战争总能引起一片混乱。我认识的一个老人就有个参加过滑铁卢战役的朋友。"

"真是想不到。一九一四年以前,人们常雇用外国保姆——称为嬷嬷或侍女什么的。根据奶奶的说法,玛丽很会照顾孩子,很受人欢迎,大家都很喜欢她。"

"是指她住在'月桂山庄'的时候吗?"

"当时不是这个名字——至少我认为不是。她和帕金森或帕金斯一家住在一起,反正就是这类的姓,"格温达说,"她就是我们现在所说的那种以工作换取食宿的女孩。她来自以小面饼出名的地方,对了,就是在'福图姆和梅森'百货商店出售的宴会专用小面饼,据说那地方一半属于德国,一半属于法国。"

"你说的是斯特拉斯堡吗?"塔彭丝猜测道。

"对,就是这个名字。玛丽很会画画。我的婆母曾经请她画过。法妮婆母说,玛丽把她画老了。帕金森家有个男孩也请她画过。格里芬夫人现在还保留着那张画。帕金森家的孩子对玛丽的事一定有所察觉——我指的是那个请玛丽画像的孩子,我想应该是格里芬夫人的教子。"

"你指的是亚历山大·帕金森吗?"

"没错,就是那个孩子,葬在教堂里的那个。"

第二章 来认识玛蒂尔德、真爱和KK

第二天一早，塔彭丝去拜访村里有名的伊萨克老爹，老爹的本名波多黎科已经没多少人记得了。伊萨克·波多黎科是这地方的名人之一。他被视为名人，是因为他的年龄——他自称已经九十多岁了（大多数人都不相信）；另一个原因是他能修理各种东西。如果打电话找不来水管工的话，就去找伊萨克·波多黎科。虽然没人知道波多黎科先生有没有修理工的资格，但在漫长的人生中，他修理了无数的卫生设备、浴室给水设备、烧水装置和电气设施。他要的工钱比有资格的水管工更能获得村民的好感，修理技术也非常棒。他会木工活儿，也能开锁，还替人挂画——尽管有时会挂歪——他还懂得怎样修理旧安乐椅的弹簧。波多黎科先生工作时，最大的毛病就是喋喋不休。虽然必须调整假牙才能发音清楚，他仍然没有革除这种习惯。他喜欢回忆这一带过去的事情。客观地讲，这些回忆的真实性实在难以求证。伊萨克老爹喜欢诉说往事给自己增添乐趣，而且讲述的方式总是相同的。

"假如我把对那件事的了解告诉你，你们一家会感到非常惊讶。每个人都以为自己知道，但那是错的，绝对是错的。是那个大女儿，绝对是她。从外表看可真是个好女孩。提供线索的是肉铺的那条狗。它跟到女孩的家，但那不是她自己的家。关于这件事，我还可以告诉你更多。对，还有阿特金斯老婆婆的事。没有人知道她家里藏了一把手枪，但是我知道。我受托去修理她的高脚衣橱——是该这样称呼那种衣橱吗？嗯，是的，是高脚衣橱。阿特金斯夫人已经七十五岁了。高脚衣橱的铰链和锁都坏了，抽屉里有把手枪，包裹在女人的鞋子里。是三号的鞋。不。可能是二号。白色缎子做的鞋，据说是她奶奶结婚时穿的，也许是吧。但也有人说是在古董店买的。是否真是如此，我就不知道了。但里面包着枪却是千真万确的。据说是她儿子从东非带回来的。他曾经去过东非猎大象，回家时就把手枪带了回来。知道那老夫人干了什么吗？她儿子教她怎样射击。她坐在客厅窗口往外瞧，一旦有人走进她家的车道，她就举枪威胁。大家都怕得要死，狼狈逃跑。老夫人说，她是怕外人惊到了鸟才不让任何人进门的。她非常喜欢鸟类。她绝不会对鸟射击，大概从没想过要这样做。我还知道莱塞比夫人的不少事。她已经收敛不少了。她曾经在店里顺手牵羊，而且干得非常娴熟。她自然也从没为衣食发过愁。"

塔彭丝说服了波多黎科先生来修理浴室天窗，然后便试图把与波多黎科先生的谈话引回过去，希望老人的回忆能有助于汤米和自己解开这座房子的奥秘，找到隐藏的宝藏或者有趣的秘密。

老伊萨克·波多黎科爽快地应允了替新来邻居修理东西的要求。他生活的乐趣之一就是尽量多地跟新来的居民见面。他很喜欢与没听过他那些辉煌回忆的人聊天。他不喜欢在熟识的人面前重复那些故事。时常认识些新朋友真是一种快乐！他可以一边干活，一边讲这些奇闻逸事，时常还穿插一些活计方面的经验之谈。伊萨克老爹从不放过显示自己的机会。

"乔没被割伤真是幸运，本来他的脸可能都会被割开的。"

"没错，的确有这个可能。"

"夫人，要收拾好地板上的玻璃啊。"

"我知道。"塔彭丝说，"我们还没来得及收拾呢。"

"说的也是。千万别忽视了玻璃。你知道玻璃有多可怕吗？虽然小，但足以使你受伤。进入血管更是能要人的命。这使我想起了拉维尼亚·肖塔科姆小姐的事情。真是太难以相信了！"

不知道为什么，塔彭丝对拉维尼亚·肖塔科姆小姐就是提不起兴趣。她听当地其他人谈过肖塔科姆小姐的事。肖塔科姆小姐年近八十，耳朵已经不好使，眼睛也几乎看不见了。

"我想你一定认识许多人，"塔彭丝在伊萨克还没有回忆拉维尼亚·肖塔科姆的事情之前便赶紧插嘴，"你一定知道村里发生的许多奇事。"

"是啊，我已经不再年轻了，快九十了。我的记忆力一向不错，很多事情像刻在心里似的。有的事无论过去多久，都会因为某些原因而浮上心头。听了我说的事，你一定会觉得难以相信。"

"真是太好了！"塔彭丝说，"你一定知道很多不同寻常的人。"

"人可不是那么容易看透的。很多人不像你想得那样。有些事和表面看上去的完全不同。"

"我想，会有间谍，"塔彭丝说，"甚至还有罪犯。"

她充满希望地看着他——老伊萨克弯腰捡起一块碎玻璃。

"给你，"他说，"万一刺进你的脚里，想想会是什么感觉！"

塔彭丝觉得修玻璃天窗似乎无法勾起伊萨克有趣的回忆。因此，她把话题引向了厨房窗边墙壁旁的小储藏室。那间小屋必须整修和更换玻璃了。还值得修理吗？干脆拆掉算了。伊萨克把心思转换到这个问题上。他们下楼，走到屋外，沿墙壁走向那间小屋。

"是这间吗?"

塔彭丝说:"对,就是这间。"

"是KK啊。"伊萨克说。

塔彭丝望着伊萨克,不知道KK这两个字母是什么意思。

"你说什么?"

"我是说KK。洛蒂·琼斯夫人住这里的时候把它称为KK。"

"洛蒂夫人为什么称这里为KK呢?"

"我不知道。也许——也许这种地方以前常被这样命名。它不大。大房子都有一个摆着孔雀草盆景的温室。"

"原来如此。"塔彭丝说,她很快回忆起了类似的事情。

"你要称它为温室也没关系,但洛蒂·琼斯太太却执意称它为KK。我不知道这是为什么。"

"这里也有孔雀草盆景吗?"

"不,没有那种东西,这里放的大都是孩子们的玩具。说到玩具,要是没有人来扔掉,应该还放在这里。这间温室应该已经快塌了吧?琼斯夫人还在的时候,会稍加修整,修葺屋顶。但现在大概已经没有人再用了。以前这里常用来放置坏玩具或多余的椅子,也有用旧的木马,角落那边还放了辆木轮车。"

"能进去吗?"塔彭丝找寻着玻璃上稍微干净点的地方,"一定有许多有趣的东西。"

"好,我去拿钥匙,"伊萨克说,"应该还挂在以前那个地方——"

"那个地方在哪里?"

"就在旁边的棚屋。"

他们从一旁的小径绕过去,棚屋早已弃置不用了。伊萨克踢开门,搬开大小不一的树枝,踢走烂苹果,移开吊在墙上的旧门垫，看到钉子上挂着三四把生锈的钥匙。

"那是林德普的钥匙，"他说，"他是最后住在这里的园丁。退休前他是提篮匠，可他什么都做不成。要看看KK里面吗？"

"好啊，"塔彭丝满怀希望地说，"我很想看看。KK是怎么拼的？"

"什么怎么拼？"

"KK只是两个字母吗？"

"当然不是。我想是两个外国字。我记得好像是K－A－I，另一个也是K－A－I。也许是Kay－Kye或kye－Kye，他们常拖长了音这样说。我想是日本字。"

"哦，"塔彭丝说，"村里有日本人住吗？"

"不，这里没有外国人。"

伊萨克迅速往钥匙上涂了点油，一点点油就能给生锈的钥匙带来惊人的效果。钥匙插入锁孔，吱嘎一声，门被推开了。塔彭丝跟着她的向导走进去。

"就是这里了，"伊萨克似乎并不以里面的东西为荣，"全都是破烂儿，你说是不是？"

"那木马看起来还不错。"塔彭丝说。

"它叫玛蒂尔德。"伊萨克说。

"玛蒂尔德？"塔彭丝疑惑地问。

"是一个女人的名字。有人说是王妃，征服者威廉的妻子，我想是吹牛。这东西是从美国来的，是美国教父送给这里的孩子们的。"

"送给哪个孩子啊——？"

"巴辛顿的孩子，是很久以前的事了。我也不太清楚。已经完全生锈了。"

玛蒂尔德已经破损不堪,却仍然是匹相当好看的马。身长与现在的马没有什么差异,丰厚的鬃毛只剩下一点了,耳朵也只有一只。这匹木马曾经被漆成灰色,前腿和后腿都伸得直直的,还有一撮细尾巴。

"运动的方式似乎跟以前所见的摇摆木马都不太一样。"塔彭丝很感兴趣地说。

"当然不一样,"伊萨克说,"一般都向前向后上摇下摆。这木马——怎么说呢,对了,是先用前腿往前跳——砰的一声——然后再用后腿跳。是种非常优雅的动作。我可以现在骑上去给你看——"

"千万当心,"塔彭丝说,"钉子也许会露出来刺到你,也许你会从上面掉下来。"

"我以前骑过玛蒂尔德,是五六年前的事了,不过我还记得很清楚。这马非常结实,不会就这样垮的。"

伊萨克的动作轻快得令人意外,他跨上了玛蒂尔德。木马猛然向前跑,然后往后退。

"动了吧?"

"是的,它动了。"

"他们都很喜欢它。珍妮小姐每天都骑。"

"珍妮小姐是谁?"

"是最大的那个孩子。这是她教父送给她的。那辆'真爱'也是她教父送的。"

塔彭丝诧异地望着伊萨克。她从没听过那样的叫法。

"他们都叫它'真爱',就是那辆角落里的木轮车。帕梅拉小姐常一脸严肃地骑着它奔下山丘。她在山顶跨上马,双脚就放在踏板上——不过那副踏板不会动。她把木马拿到山顶,然后让它从山上滑下来,用脚刹车。有时会到智利松旁才停住。"

"听上去很不舒服,"塔彭丝说,"那可不是什么好地方。"

"她一般会玩上很久,而且玩得非常认真。我曾看她一连玩了三四个钟头。我常常来这儿修整玫瑰花床,所以总能看到她从山上滑下来。她不喜欢人家跟她说话,我也就不跟她攀谈。不管她做什么或想做什么,她都希望不受干扰地持续下去。"

"她想做什么呢?"塔彭丝问。她对帕梅拉小姐的兴趣突然比珍妮小姐更浓厚。

"我也不知道。她常说自己是逃亡的公主,或什么玛丽女王——是爱尔兰或苏格兰的玛丽女王吧?"

"是苏格兰的玛丽女王。"塔彭丝猜测道。

"是的。她多半是逃出了苏格兰,然后进入了哪个城堡,据说是被囚禁起来了。其实不是真正的囚禁,而是被湖困住了。"

"我明白了。帕梅拉自以为是苏格兰的玛丽女王,正在逃避敌人,是不是?"

"是的。她说要到英国求伊丽莎白女王宽恕。我可不认为伊丽莎白女王是这么慈悲的人。"

"的确非常有趣,"塔彭丝掩盖着失望说,"她在逃避谁?"

"当然是里斯特家的人。"

"你知道玛丽·乔丹吗?"

"哦,我知道你指的是谁。她在的时候我还没来。是那个做德国间谍的女孩吧?"

"这一带的人好像都知道她。"塔彭丝说。

"不错。他们叫她'保姆',真是奇怪的称谓。"

"的确是。"塔彭丝说。

伊萨克突然笑了起来。"哈哈,还保姆呢,听起来像侍候人的老娘们儿。"

"这笑话可真有意思!"塔彭丝温和地说。

伊萨克又笑了。

"该是种蔬菜的时候了,是不是?现在正是种蚕豆的季节,还要为碗豆做准备。早生的生菜呢?还是小个头儿是不是?早生的生菜虽然小,却非常脆。"

"你做过不少园丁的工作吧?除了这里,你似乎还在许多家做过。"

"我常做临时工,去过许多人的家。有些受雇的园丁不中用,做不好,所以常让我去帮忙。这里以前出过事,把蔬菜和毒叶弄混了。不过是在我没成人之前——都是我听说的。"

"是洋地黄的叶子,对不对?"塔彭丝说。

"没想到你已经听说了。那已经是很久以前的事了。有好些人中毒,只有一个没救过来。至少我是这样听说的。这只是道听途说,我是从朋友那听来的。"

"死的就是那个'保姆'。"塔彭丝说。

"没救过来的是'保姆'吗?我倒是头一次听说。"

"也许我听错了。"塔彭丝说,"你能把木轮车拿到帕梅拉玩的山上吗?要是那座山还在的话。"

"山当然在。你想干什么?山上现在长满了草,千万要小心。不知道木轮车锈到什么程度了。我先把它弄干净好不好?"

"那就麻烦你了,"塔彭丝说,"然后请你想一想我们可以种什么蔬菜。"

"没问题。我可要提醒你,千万别把洋地黄和菠菜种在一起,我不希望听到你刚搬进新房子就出事。只要花点钱,这里可以变成很好的住宅!"

"非常感谢。"

"我去看看木轮车，免得坐上去就垮了。尽管已经很旧，但它仍然能动，你一定会觉得很惊奇。以前我有个堂弟拿出一辆旧的自行车。你也许认为它已经不会动了——差不多四十年没有人骑了——但加了一点油以后，它竟然跑起来了。一点点油就能发挥出惊人的效果，真是太神奇了。"

第三章 早餐前的六件不可思议的事[①]

"你究竟是怎么——"汤米说。

回家时,他常在意想不到的地方看到塔彭丝。可今天,汤米比平时更为惊讶。

家里没有塔彭丝的影子。外面虽然在下雨,不过只能听到细微的雨声。她也许正热衷于花园的工作。想到这里,汤米便去看了个究竟。看到妻子后,他便脱口而出:"你究竟是怎么——"

"汤米,"塔彭丝说,"我没想到你这么早回来。"

"这是个什么东西?"

"你是说'真爱'吗?"

"什么?"

"我说的是这辆木轮车,"塔彭丝说,"它叫'真爱'。"

"打算骑它去兜风吗?它对你来说太小了。"

"确实小了点儿。是给孩子用的——在玩呼啦圈以及小时候的那些玩具前,你也玩过这类东西吧?"

"它真的能动吗?"汤米问。

"应该不怎么能动了,"塔彭丝说,"但如果拿到山上,它还是会靠轮子滚下来的,顺势而下嘛!"

[①]引自英国知名童话《爱丽丝漫游仙境》。早餐前的六件不可思议的事:有种药水可以将我变小,有种蛋糕可以让我变大,动物会说话,仙境真的存在,猫会消失,我能杀死炸脖龙。

"然后在山下撞得粉碎!你刚才就在干这个吗?"

"才不是呢,"塔彭丝说,"我会用脚刹车。要我试给你看吗?"

"算了吧,"汤米说,"雨越来越大了,咱们进屋吧。我想知道你为什么要做这种事。这不会很有趣吧?"

"事实上,"塔彭丝说,"这么做很吓人。我只是想知道——"

"你是问这棵树吗?这是棵智利松吧?"

"是的,"塔彭丝说,"你连这都知道,真是太了不起了。"

"我当然知道,"汤米说,"我还知道这种树的另一个名字。"

"我也同样知道。"

他们对视一眼。

"忽然想起来了,它的另一个名字是叫大叶什么的吧?"汤米问。

"是类似的名字,"塔彭丝说,"能下到树丛边已经很好了,你说是不是?"

"你在长满刺的树丛里干什么?"

"下山以后,因为不能用脚把车完全停住,我才一头栽进这大叶什么的里。"

"大叶什么的——啊,我说的是荨麻疹?不,不是荨麻疹,当然不是,"汤米说,"我只是想用两个读音相近的词开个小玩笑。"

"我可没在开玩笑,我在为我们近来遇到的问题做些调查。"

"你的问题还是我的问题?你说到底是谁的?"

"我不知道,"塔彭丝说,"应该是我们俩的问题。"

"不会是比阿特丽斯之类的问题吧?"

"不。我只是觉得这房子可能藏着些东西,所以,我去查看了几十年前就可能被扔在温室里的许多玩具,这个肚子上有洞,名叫玛蒂尔德的木马就是其中之一。"

"肚子上有洞吗?"

"是的,里面塞了许多东西。为了好玩,孩子们在里面塞了枯叶、纸屑、用旧的抹布、法兰绒上衣,和一些用来擦拭油迹的布。"

"好了,咱们回屋去吧。"汤米说。

"汤米,"塔彭丝把脚伸向客厅里为她回家而预先点好的炉火,"告诉我你的见闻,你到利兹大饭店的画廊去看展览了吧?"

"没有。我没去,我真是没时间。"

"怎么会没时间呢?你不是特意去的吗?"

"人并不总是会做'特意去'的事情,这次就是这样。"

"可你总是去了什么地方,做了些什么吧?"

"我找到了一个可以停车的地方。"

"那倒是好,你说的是什么地方?"

"在豪恩斯洛附近。"

"你怎么又到豪恩斯洛去了?"

"我不是特意去的。那儿有停车场,我从那里坐地铁。"

"什么?坐地铁去伦敦吗?"

"是的,这是最方便的。"

"你怎么看起来一脸负罪感?难道我有个情敌在豪恩斯洛吗?"

"才没有呢,"汤米说,"你对我应该很放心才对。"

"你去买礼物给我啦?"

"不,"汤米说,"恐怕没有。老实说,我根本不知道要送你什么。"

"你的猜测有时非常灵,"塔彭丝满怀期望地说,"汤米,你到底干什么去了?我为什么应该放心?"

"因为我也在作调查。"

"近来人人都在作调查,"塔彭丝说,"十多岁的孩子,这家的侄子或那家的子女,人人都喜欢作调查。我实在不知道他们在调查什么。不管什么调查,过后往往不了了之。他们去调查,享受调查的乐趣,从中获得满足——真不知道会是怎样一种结果。"

"去东非的养女贝蒂有没有来过信?"汤米问。

"来了。她很喜欢那儿——她正深入非洲人的家庭,写关于那些家庭的论文。"

"他们很赞赏贝蒂的兴趣吗?"

"我可不这么认为,"塔彭丝说,"在父亲的教区,所有人都不喜欢来教区的外人——称他们为多管闲事的人。"

"说到点子上了,"汤米说,"这的确是我们已经或将要遇到的难点。"

"你在调查什么?但愿不是什么割草机才好。"

"真不知道你为什么要提割草机的事。"

"你不是一直在看割草机的说明书嘛,"塔彭丝说,"疯了似的想要台割草机。"

"我才不是在调查割草机呢,而是在调查现在这个家的历史——六七十年以前的犯罪过往。"

"汤米,告诉我你的一些调查计划吧。"

"到伦敦去,"汤米说,"其实是着手做一件事。"

"是去调查吗?"塔彭丝问,"开始着手调查是吗?从某种意义上说，我也做了跟你一样的事，只是方法不同而已。我的调查远比你更加久远。"

"你对玛丽·乔丹的问题开始感兴趣了吗？看来你已经把她放在计划表里了，"汤米说，"我们的问题已经逐渐成形了。可以称为玛丽·乔丹之谜，或者玛丽·乔丹问题。"

"这名字非常普通。如果她是德国人，那就不是个真名。虽然被说成德国间谍，但她也有可能是英国人。"

"德国间谍只是个传闻而已。"

"说下去，汤米。你没把一切告诉我。"

"基本，基本上——。"

"别说'基本'，"塔彭丝说，"我什么都没明白。"

"有时这很难解释，"汤米说，"我想说的是一些调查方法。"

"你是说过去那些调查方法吗？"

"是的，从某种意义而言的确如此。只要调查一下就能弄清楚。你可以从一些事中提取信息。但骑旧玩具、依靠老妇人的记忆、询问漏洞百出的老园丁、到邮局让女孩说出她婶婶以前告诉她的事，这些可都于事无补。"

"他们至少会提供些线索。"塔彭丝说。

"我的调查也一样能提供线索。"

"你也调查了吗？你去问谁了啊？"

"我没去问谁。塔彭丝，你大概还记得，我曾经和处理这类事情的人打过交道。只要雇用他们，请他们用合适的方法调查，就可以得到确切的信息。"

"你在调查什么事情？去的又是什么机构？"

"有很多事情需要调查。首先要请他们调查死亡、出生和婚姻之类的事情。"

"让他们去索摩塞特大厦调查吧。婚礼和死亡的登记应该都在那里。"

"出生登记也在那里——不用自己去，只要请人代你去就行。那里应该可以查出某人的死亡日期，甚至能看到遗嘱，找到教堂举行的婚礼认证和婴儿的出生证明。这类事都可以查得到。"

"要花不少钱吧？付了搬家费用，以后咱们就该省着点过日子。"

"既然你对这类问题如此感兴趣，花这些钱也算物有所值了。"

"你发现了什么？"

"不可能这么快，必须等调查完毕。那时如果他们能得到些结果——"

"你是说会有人向你报告吗？他们告诉你玛丽·乔丹生于谢菲尔德，然后你再亲自调查。是不是这么回事？"

"不仅仅是这样。他们可以找到户口普查申报书和死亡证明，甚至调查到死因，他们的调查范围可大呢。"

"很有趣，"塔彭丝说，"可能会有所收获。"

"还可以去报社翻阅旧报纸的合订本。"

"是找有关谋杀或审判之类的新闻吗？"

"那倒不一定，但一定要时不时地和某些人进行适当的接触。我是说那些知道些事情的人——可以找到这种人，以恢复友情的名义问些问题。就像我们在伦敦设立侦探事务所时一样。也许他们会提供些信息或线索。"

"是的，"塔彭丝说，"确实如此。我有类似的体验。"

"你我的方法有所不同，"汤米说，"你的方法不比我的差，我不会忘记拜访'无忧庄'寄宿公寓的那一天。那时，你自称布伦金索普夫人,气定神闲地做着编织。"

"那时我还没调查,也没请人作调查。"

"才不是呢,"汤米说,"我跟客人正谈得兴起,你就潜进了隔壁的衣柜。你清楚地知道我要受托去那儿,也知道我准备干什么。你设法先我一步赶到了那里。你最擅长偷听了!你是个不折不扣的窃听贼。太不光彩了!"

"结局却非常圆满。"塔彭丝说。

"是的,"汤米说,"一切都很顺利,你的直觉似乎非常灵敏。"

"我们终将会知道这个地方发生的每一件事情,只是这些事情发生在很久以前。我不认为重要的东西藏在这里或被这里的某个人所拥有。也不认为我们要找的秘密跟这房子或房子里住过的重要人物有关——是的,我就是不相信。尽管如此,我仍然知道下一步该干什么。"

"该干什么呢?"汤米问。

"当然是早餐前的六件不可思议的事了,"塔彭丝说,"再过十五分钟就十一点啦,该去睡了,真是好累啊。我很想睡,那些满是尘埃的旧玩具搞得我满身泥污。那个名字怪怪的地方似乎还有些其他东西——为什么把那里叫成Kay-Kay呢?真是太奇怪了。"

"我不知道。是怎么拼的来着?"

"我不知道——大概是K－A－I。不只是KK。"

"听起来像个谜语是吗?"

"听来很像日文。"塔彭丝毫无自信地说。

"什么地方听来像日文?我听着不像。听起来像是一种吃的东西,可能是大米。"

"我要去睡了,先得洗个澡把身上的蜘蛛网弄掉。"塔彭丝说。

"别忘了早餐前的六件不可思议的事。"

"这些事我比你更擅长。"塔彭丝说。

"你时常会让人措手不及。"汤米说。

"你总是做得比我好,"塔彭丝说,"有时这相当气人。这六件事是用来考验我们的。有人经常像念咒语一样不停地说。还记得是谁吗?"

"别去想了,"汤米说,"清洗掉身上的远古尘埃吧。伊萨克的园艺做得不错吧?"

"他自认为很好,"塔彭丝说,"我们可以尝试下。"

"只是我们对园艺的事不大懂。差点忘了,我这儿还有个问题。"

第四章 "真爱"上的历险；牛津和剑桥

"早餐前的六件不可思议的事，听起来确实不错。"塔彭丝说着喝光了杯子里的咖啡，想着留在碗架上盘里的煎蛋以及旁边两块看起来颇引人食欲的猪腰子，"早餐比思考不可能的事重要多了。汤米是一个追寻不可能之事的人。调查，这个想法不错。我想他会从中得到一些东西。"

她全神贯注地吃着煎蛋和猪腰。

"非常好吃，"塔彭丝说，"和平时的早餐完全不同。"

长久以来，她早上总是要喝一杯咖啡和一杯橙汁，或者吃半个柚子。这种搭配虽然对体重问题很有效，但总无法使人获得充分的满足感。相较而言，餐盘里的热菜更能引起消化液的分泌。

"我觉得帕金森家的人早餐多半也是吃这种东西，"塔彭丝说，"煎蛋或配有熏肉的荷包蛋，也许还会有——"她想起了很久以前读过的小说，想起了里面的爱情故事，"也许碗橱里放了冷的松鸡肉，美味！哦，是的，我记得非常美味。当然，我估计只允许孩子们吃腿肉，不过猎物的腿肉也不错，可以小口小口慢慢咬着吃。"她停下话头，把最后一块猪腰放进嘴里。

门廊里传来一种非常奇妙的声音。

"奇怪，"塔彭丝说，"怎么像音乐跑调了一样？"

她手里拿着烤面包，嘴里停止了咀嚼，抬头看到阿尔伯特走了进来。

"阿尔伯特,发生什么事了?"塔彭丝问,"别告诉我工人们在弹奏风琴或其他什么乐器,他们在开音乐会吗?"

"一位先生正在调钢琴呢!"阿尔伯特说。

"什么调钢琴?"

"就是来调音。你让我请调音师傅来的。"

"天哪,"塔彭丝说,"已经请来了?阿尔伯特,你真是太好了。"

阿尔伯特看起来很开心,能迅速完成塔彭丝以及汤米交代的特别任务,确实是件非常了不起的事情。

"他说这架琴需要好好调调。"阿尔伯特说。

"我想是的。"

塔彭丝又喝了半杯咖啡,从房间走到客厅,看到一个年轻人正面对钢琴在专心工作,钢琴盖敞开着,露出内部复杂的零件。

"早安,夫人。"年轻人说。

"早安,"塔彭丝说,"很高兴你能来。"

"这琴必须要调调音了。"

"是的,的确需要,我刚刚搬过来,搬家对钢琴可不好,而且已经很久没有调音了。"

"很快就可以知道该调哪儿了。"年轻人说。

年轻人依序弹了三组不同的和音,两次愉快的长调和音,两次极悲伤的 A 调短和音。

"夫人,这架钢琴很不错。"

"是的,是埃拉尔牌的。"

"这种钢琴很难买到了。"

"它经历过几次磨难,"塔彭丝说,"遭遇过伦敦空袭,炸弹落在我们的房子上。我们躲开了,钢琴也只有表面受伤。"

"真的吗?做工很不错,我不需要太费工夫。"

交谈愉快地进行着。年轻人先弹了肖邦前奏曲的开头几节,然后又弹了《蓝色多瑙河》。很快便宣告工作结束。

"我很快会再来看的,"他说,"有时间我就来再弹一弹,说不定什么时候——这么说吧——说不定什么时候它又会走音。你知道,很细微的走音几乎注意不到,甚至根本听不出来。"

两人礼貌地道别,他们似乎对音乐,尤其在钢琴曲欣赏以及音乐给人生带来的喜悦方面意见非常一致。

"这房子似乎还要花一番工夫整修。"年轻人看着四周说。

"我们搬来之前已经有段日子没有人住了。"

"是啊,这里的房主一直在换。"

"听说发生过不少事,"塔彭丝说,"我是指以前住在这里的人,以及过去发生在这里的那些怪事。"

"你说的是很久以前的事了吧,不知是二战还是一战时候的了。"

"据说跟海军机密之类的事有关。"塔彭丝满怀希望地说。

"也许吧。这方面的传言很多,不过我并不清楚。"

"那是你出生之前的事了。"塔彭丝凝视着年轻人稚嫩的脸孔说。

调音师走后,塔彭丝坐在钢琴前。

"我来弹一首《屋顶上的雨水》吧。"她说。调音师傅弹奏的肖邦前奏曲使她想起了肖邦的另一首作品。她敲了几下琴键,一面伴奏一面小声哼唱起来:

我的真爱在何处徜徉?

我的真爱将去向何处？
树梢上鸟儿在呼唤。
我的真爱何时将回到身旁？

"弹错键了，"塔彭丝说，"不过音总算是调准了。能再弹钢琴真是让人快乐。'我的真爱在何处徜徉？'"她哼了一声，"'我的真爱'——那部木轮车也叫'真爱'。"她一边想一边说，"真爱？对了，这可能是个暗号，也许我最好先去看看那辆木轮车。"

她穿上保暖的鞋子和套头毛衣走进院子。木轮车被推动过了，但不是回到KK，而是被转移到了空马厩里。塔彭丝拉出木轮车，把它放在长满草的斜坡顶，用掸子掸去上面的蜘蛛网，然后跨坐上去，把脚放在踏板上，以木轮车经历的年岁和受到的挫伤所允许的速度奔跑。

"好了，我的真爱，"她说，"咱们一起下山吧！可别太快。"
塔彭丝的脚离开踏板，放在可以随时刹车的位置上。

斜坡的倾斜度足以使木轮车全速下山，但它跑得并不是很快。可是，山坡突然陡峭起来，木轮车开始提速。塔彭丝使劲地用脚刹车，却依然跟木轮车一起栽进了山下令人毛骨悚然的智利松里。

"真是好疼啊！"她艰难地站起身。

塔彭丝拔掉沾在身上的刺，拍拍身子环顾四周。现在她身处一片灌木丛中，灌木丛一直延伸到对面山丘上。映山红和绣球花这边一簇，那边一丛。即将到来的盛花期一定会非常美丽。现在还不怎么好看，只是一般的灌木丛而已。在花丛与灌木之间似乎曾经有条小路。现在虽长满了树木，但仍可看出小径的走向。塔彭丝摘下两根小树枝，拨开树丛开始上山。小径蜿蜒向上，直通山顶。这条小路显然有很多年没人走了，自然也没有人清理。

"一定通向什么地方，"塔彭丝说，"路必定有其出现的原因。"

小路向左向右拐了两三道弯，呈"Z"字形，塔彭丝突然领悟到《爱丽丝漫游仙境》中小路左右摇摆改变方向是什么意思了。树丛越来越稀疏，宅邸称谓的来源月桂树已清晰可见，这条石砾遍布、难以行走的狭窄小路从月桂树丛正中穿过。塔彭丝沿着这条小路前行，突然来到一条长满苔藓的四级石阶前。走上石阶，塔彭丝看见一个以前用金属制作，后来用干草重砌的壁龛。一个神殿似的殿堂，里面有张宝座，宝座上放着一尊损坏得非常厉害的石像。那是一尊头顶篮子的男童像，塔彭丝觉得这尊石像非常面熟。

"从石像可以追寻这个地方的历史，"塔彭丝自言自语道，"很像莎拉阿姨放在院子里的那尊。对了，她也有很多月桂树。"

塔彭丝的思绪回到莎拉阿姨身上。孩提时，她常到莎拉阿姨那里，玩一种叫作"河中群马"的游戏。为了玩"河中群马"，必须取下撑起裙子的圆环。那时塔彭丝还只有六岁，她常爱把裙子的支撑环当做马——一匹有鬃毛和流水般尾巴的白马。在塔彭丝的想象中，白马与其说是穿越绿野，倒不如说是穿过一块草坪，绕过花草摇曳的花坛，朝着与这条小路相似的道路前进。走上小路之后，山毛榉树林间出现了与眼前壁龛相似的凉亭式壁龛，壁龛中有石像和石篮。塔彭丝策马跑来的时候，总会带样礼物，把礼物放进孩子头上的石篮。可以说是奉献，也可以说是种许愿。塔彭丝清楚地记得，那时许的愿几乎都会实现。

"不过那是自欺欺人，"塔彭丝爬上石阶坐下，"我期待着某些事情，我知道那些事情多半会发生，期待愿望能变成现实。于是它真的有如魔术一般成了真。在那时，给神奉献是天经地义的。但其实那不是神，只是一个矮胖的小男孩而已。想起那么多事情真是很有意思，但当时的确是那样。"

塔彭丝舒了口气，走下小路，向着那个有着KK这个神秘名字的温室走去。

KK里依旧杂乱无章。玛蒂尔德跟平时一样，看来既孤独又绝望。但有两件物品引起了塔彭丝的注意。那是两张小陶瓷凳，四周有天鹅图样。一张深蓝色，一张淡蓝色。

"小时候这种东西很常见，"塔彭丝说，"通常都放在阳台上。我的另一个阿姨就有这种凳子。我们把两张不同颜色的凳子分别称为牛津和剑桥。我原以为那是鸭子——其实是天鹅，人像周围画的是天鹅。凳子上有一种很诡异的东西，一种S形的孔，你可以往里面塞东西。我可以让伊萨克把凳子拿去清洗干净，然后放在阳台上，伊萨克喜欢把那儿说成是门廊，我觉得叫阳台更为自然。天气好的时候，坐在那儿可真是享受。"

塔彭丝转身向门边跑去，脚被玛蒂尔德突出的扶手绊了一下。

"糟糕！"塔彭丝说，"我做了些什么啊？"

她的脚碰到了深蓝色的陶凳。凳子在地板上翻滚，碎成两半。

"牛津坏了，只能用剑桥来勉强凑合。得想法子把牛津再拼起来，破成这样再拿去修实在是太难了。"

她叹口气，心想：不知道汤米在做什么。

汤米正在跟老朋友们大谈往事。

"近来，世界变得可真是奇妙。"阿特金森上校说，"你和——那个叫什么来着，是布罗顿吗——啊，不，应该是你那个亲爱的塔彭丝——听说你们搬到了靠近霍洛圭的乡下。你们为什么要去乡下，有什么特别的原因吧？"

"那幢房子比较便宜。"汤米说。

"你们倒很是幸运。叫什么名字？告诉我你的住址。"

"我们想称之为'松树庄'，因为有很美的松树。本来叫'月桂山庄'，颇有维多利亚时代的味道，是不是？"

"'月桂山庄'？霍洛圭的'月桂山庄'？天哪！你打算做什么？你一定是在计划做什么吧？"

汤米望着眼前这张长满白须的苍老脸庞。

"你去那儿干什么啊？"阿特金森上校问，"不会是又去为国家办事吧？"

"这种年纪已经不行了。"汤米说，"我已经洗手不干了。"

"那就奇怪了。你只是嘴上说说而已，也许是遵照命令这样说的吧？毕竟，你知道，那个案子还有很多地方不清楚啊！"

"你说的是什么案子？"汤米问。

"你一定听过那个所谓的卡丁顿案。还有那些信——以及埃姆林·约翰逊的潜艇案。"

"我仿佛有点想起来了。"汤米说。

"其实跟潜水艇没什么关系。可因为这件事，人们开始注意到整个案情。而且又有了后来的那些信。不过，问题可以从政治上加以解决。对，是那些信。只要当局没收了那些信，情况应该会大有转变。当局应该把注意力放在当时政府内最受信任的几个人身上。竟然会发生这种事情，真是叫人惊讶，不是吗？确实惊人——害群之马经常是最受信任、看上去最没有问题的人物，最不受怀疑——自那以后，还有许多事情尚未查明。"上校闭上一只眼说，"你是被派去调查的，是不是？"

"调查什么？"

"你的那幢房子啊，是叫'月桂山庄'吧？关于'月桂山庄'，曾经有个很愚蠢的笑话。安全局和一些其他部门的人对那儿做过相当详细的调查。他们认为山庄里隐藏着极其重要的证据。还有一种看法，认为证据已悄悄被送到外国——可能是意大利。另一方面又有人认为可能还藏在这一带。这类房子有地下室、石板和其他的一些东西。好了，汤米，我觉得你又开始进行调查了。"

"我可以向你保证，我已经退出调查了。"

"以前你住在别的地方时，大家都以为你不干了，就是在上次大战开始时。可你不是又开始追踪那个德国骗子了吗？接着还抓到了那个携带童谣书的女人。干得非常不错。现在你也许又在受命进行调查了！"

"别胡说了，"汤米说，"你必须把这种想法从脑子里赶出去，现在我只不过是个乡下老人！"

"你是个老狐狸，比现在的年轻人高明多了。装出一副什么都不知道的样子，别人就不能问你问题了。以免泄露国家机密是不是？提醒你一句，留意一下尊夫人，她一向涉入太深。在'N或M'①的案子里，她在最后关头才捡回了一条命，太危险了。"

"塔彭丝只对这地方的过去感兴趣，"汤米说，"谁在这个村子里住过？住在村子的哪里？还有住在这儿的人的画像什么的。她把全部心思都放在了园艺工作上。我们只想把花园建好，照顾

---

①详见《桑苏西来客》（新星出版社，2014年7月版）。

好花园和花园里的植物,仅此而已。"

"等过了一年以后如果没事情发生,我也许会相信你的话。可是,我了解贝尔斯福德,也了解贝尔斯福德夫人。你们两个一定会找到些什么,这个绝对假不了。那些文件如果公开,一定会给政界带来极大影响,必然会有些人非常不高兴。那些不高兴的人现在已被视为高洁之士的典范!可有些人却认为他们是危险人物。记住,他们都很危险,不危险的人碰到危险人物应该非常小心。所以你要小心,叫你夫人也要小心。"

"你这么一说,"汤米说,"我倒更加兴奋了。"

"兴奋是一回事,但千万别忘乎所以。看好你夫人,我非常喜欢塔彭丝,她是个好女孩。以前是,现在也是。"

"已经不能说是女孩了。"

"不能这样说你夫人。她是百里挑一的人才!但被她盯上的人也确实可怜,她今天又在搜索什么呢?"

"应该没有,她多半去参加女人们的茶会了。"

"女人间常会提供一些有用的情报。老夫人和五六岁的孩子常会说出谁都想象不到的事情,关于这点,我可以告诉你很多——"

"上校,我相信你。"

"不多说了,许多秘密只能放在心里。"

阿特金森上校遗憾地摇了摇头。

在回家的火车上,汤米看着窗外一晃而过的乡间景色。"奇怪,"他自言自语道,"真是奇怪,那老家伙知道很多事。可又能怎么样呢?那都是过去的事了——我觉得这不可能是大战的遗留问题，都与现在无关。"新的事情占据了他的脑海，欧洲共同市场的思想正开始萌芽。他的侄辈和孙辈已经登场——家庭里的年轻一代现在已不容忽视，他们有魅力，占据了有权势、有影响力的位置，他们正是为此而生的。可是如果他们因某些机缘丧失了忠诚之心，就容易受到诱惑，相信新的主义或者一些改头换面的旧观念。现在，英国正处于一种微妙的状况之中，和以前大不相同——或者说其实一直处于同样的状况之中？平静的水面下总是隐藏着黑泥。清澄的水不会停在海底的小石上，也不会停在贝壳上。有什么东西在缓慢地移动，一定要找到它、阻止它。但这个东西一定不会在霍洛圭。霍洛圭是个属于过去的地方。它起初是个渔村，后来发展成英国海边的避暑胜地——现在只是在八月热闹一阵。最近大部分人都喜欢到国外旅行。

"他们这些人可真是很有趣，"那天晚上，塔彭丝离开餐桌转到另一房间喝咖啡时说，"以前的那些老家伙都怎么样啦？"

"都很好，"汤米说，"你的那个老夫人呢？"

"钢琴调音师上午来过了，"塔彭丝说，"下午下雨，我没去茶会。可惜了，老夫人也许会说些有趣的事。"

"我认识的老家伙却说了些线索，"汤米说，"真是令人意外。塔彭丝，你觉得这地方怎么样？"

"是指这房子吗？"

"不是这房子，是指霍洛圭。"

"这地方还不错。"

"'还不错'吗？"

"'还不错'是个褒义词。大伙都认为'还不错'有贬损的意思,我却不这样认为。'还不错'的地方是指不会发生什么事故的地方。谁都不希望有事故发生。不出事真是非常可喜。"

"是啊,我们的年纪都已经大了。"

"不是因为年纪的关系,而是因为知道确实存在一个不会出事的地方实在是太好了。但我想说,今天差点发生意外。"

"差点发生意外是什么意思?塔彭丝,你做了什么无聊的事吗?"

"不,当然不是。"

"那到底是怎么回事?"

"温室屋顶的玻璃摇晃着落了下来,真是太危险了。从头上落下,我差点被划伤。"

"似乎没伤到你。"汤米看着她说。

"是的,我运气好,不过真是吓坏我了。"

"请老爹来看看吧?是叫伊萨克吗?请他查看一下其他的窗玻璃——塔彭丝,你可不能死啊。"

"买旧房子就是会发生这种事。"

"塔彭丝,这房子有什么不对劲吗?"

"你说的不对劲到底是什么意思?"

"其实我今天听到了一些奇怪的传闻。"

"是有关于这房子的怪事吗?"

"是的。"

"汤米,那几乎是不可能的。"塔彭丝说。

"为什么不可能?因为它看上去很好,几乎毫无瑕疵吗?还是因为曾粉刷过呢?"

"粉刷得毫无瑕疵全是我们的功劳。买下来的时候,这里可破败得很。"

"说的也是。所以很便宜。"

"汤米,你看来有点怪怪的,"塔彭丝说,"出什么事了?"

"今天跟大胡子阿特金森见面了。"

"那个老家伙啊。他有没有问候我?"

"问候了。他要我叫你小心一点,让我也要小心。"

"他总是这么说,尽管我还是不明白为什么要小心。"

"这里似乎是个必须小心的地方。"

"汤米,你到底是什么意思?"

"塔彭丝,如果我告诉你,你可千万别惊讶。他拐弯抹角地说我们住在这里,不是退休的老人,而是肩负任务。听了这话你会怎么想?他猜测,我们跟'N 或 M'时一样,再度在这里执行任务。我们被秘密机构派来寻找些东西,考察这地方有什么不对劲。"

"汤米,不知道是你在做梦,还是大胡子阿特金森在做梦,竟然会说这种话。"

"阿特金森是这么说的。他认为我们来这里,是肩负有找寻一些东西的任务。"

"找寻一些东西?找什么呢?"

"找寻屋子里隐藏的一些东西。"

"这幢屋子能藏什么啊?汤米,到底是你疯了,还是阿特金森疯了?"

"我也觉得他可能是脑子出问题了,可我还是有些疑惑。"

"能在这幢房子里找到什么呢?"

"我想是以前藏在这里的东西。"

"你是说宝藏?难道地下室藏了俄国王冠上的珠宝吗?"

"不,不是什么珠宝。是一些对某些人很危险的东西。"

"那一定很古老了。"塔彭丝说。

"你有什么发现吗?"

"当然没有。不过这幢房子多年前似乎轰动一时。不是说有人真记得什么,充其量只是从祖母那儿听来的,或者仆人间的八卦。事实上,比阿特利斯有个朋友好像也知道些事。玛丽·乔丹与此有关,但这些事都是绝密的。"

"塔彭丝,这都是你的猜测吗?难道你想回到年轻时的光辉年代,回到把机密托付给卢西塔尼亚号上女孩的年代,回到那些冒险的日子,回到追踪神秘布朗先生的时候吗?"

"汤米,那是很久以前的事了。那时我们称自己为'年轻冒险家'。现在想来,那些事似乎都是镜花水月。"

"确实像梦一样,但那不是梦,是真的。很多事虽然难以置信,可确实发生过——至少在六七十年前,甚至更早。"

"阿特金森到底说了些什么?"

"信和文件。"汤米说,"他说,有些事情会造成甚至已经造成政治上的大骚动。还谈到坐在权位上的人以及不应坐在权位上的人;另外,他还说信或文件一旦公开会使当权者下台。总之,是很久以前策划的一场阴谋。"

"跟玛丽·乔丹同一时代吗?绝对不可能!"塔彭丝说,"汤米,你一定在回程火车中睡着做梦了吧?"

"也许是在做梦,"汤米说,"肯定不会有这样的事。"

"四处寻访一下也无妨,"塔彭丝说,"反正我们已经住在这儿了。"

塔彭丝环视着屋子。

"很难想象这里会隐藏什么秘密东西。汤米,你觉得呢?"

"这儿不像是那种藏着什么秘密的房子。那之后有很多人在这里住过啊。是的，据我所知，不断有人家来这里住。我想也许藏在阁楼或地下室，也可能埋在凉亭的地板下。什么地方都有可能。"

"那一定很有趣，"塔彭丝说，"我们可以在没事做时，或种郁金香球种得腰酸背痛时去周围查看一下。我只是想想。也许可以从'如果是我的话，会把东西藏在哪里？放在哪里才不会被人发现？'这类问题开始。"

"我不相信这里能藏住什么东西，"汤米说，"园丁和装修工人经常来翻个底朝天，之前有不少人家住过，还有房屋经纪人什么的进进出出。"

"呃，这可说不好，它可能在某个茶壶里。"

塔彭丝起身向壁炉架走去，站上凳子，从壁炉架上取下陶瓷茶壶。

她掀开茶壶盖子往里看。

"什么也没有。"她说。

"这是最不可能的地方。"汤米说。

"你认为，"塔彭丝用期待的语气问，"是有人打算杀我，才把温室的天窗玻璃弄松，让它砸到我的吗？"

"不可能，"汤米说，"也许想砸在伊萨克身上。"

"你真让我失望，"塔彭丝说，"我更愿意相信自己是捡了一条命。"

"你最好小心点儿。我也会留意的。"

"你常因为我大惊小怪。"塔彭丝说。

"我这样不好吗？"汤米说，"你应该为自己有这么个无时无刻不担心你的丈夫感到高兴才对。"

"没有人想在火车上对你开枪，或者让火车脱轨吗？"塔彭丝问。

"没有，"汤米说，"不过下一次开车出门前，我们最好先检查一下刹车。这实在是太荒唐了。"他忍不住补充了一句。

"荒唐至极，"塔彭丝说，"不过同时也——"

"你想说什么？"

"这种事想想就觉得有趣。"

"你是说亚历山大是因为知道了些什么才被杀的吗？"汤米问。

"亚历山大知道谁杀害了玛丽·乔丹。'凶手是我们之中的一个'……"塔彭丝的脸突然亮了起来。"'我们'，"她加强语气，"一定要把这个'我们'搞清楚。是过去住在屋子里的'我们'才对。他们是我们要对付的犯罪分子。对付他们就必须回溯过去——找到事情发生的地点和起因。这种事以前我们可从没干过。"

第五章 调查方法

"塔彭丝,你刚才在哪里?"汤米第二天刚回到家就问。

"最后去的是地下室。"塔彭丝说。

"我知道,"汤米说,"你难道没发现头发上沾了蜘蛛网吗?"

"那当然,地下室里全是蜘蛛网。那里什么都没有,只有几个盛着月桂油的瓶子。"

"盛月桂油的瓶子吗?"汤米说,"那倒十分有趣。"

"应该没人喝月桂油吧?"塔彭丝说,"我想不会。"

"以前都用来抹头发。是男人用的,女人不用。"

"你的话应该没错,"塔彭丝说,"我记得我叔叔——是的,我有个叔叔用过月桂油。是他的一个朋友从美国带回来的。"

"是吗?听起来挺有趣的。"汤米说。

"我倒不觉得特别有趣。"塔彭丝说,"对我们没什么帮助。我是说这种瓶子没法藏东西。"

"看来你刚才一直在鼓捣那些瓶子。"

"总要从什么地方入手吧,"塔彭丝说,"如果你的老搭档说的是事实,那房子里很可能藏了什么东西。可是在哪儿?又是什么呢?真是难以想象,你看,房子被出售、主人死亡或者离开以后,房子就会空了。我是说,新搬来的人会把旧家具清理出去卖掉,即使保留下来,下一个房主搬来以后也会把它卖掉。因此留在屋里的最多是前一任房主的东西,绝对不会是很久以前的东西。"

"那为什么有人要加害你我,甚至把我们赶出房子呢?——除非这里有东西怕被我们发现。"

"只是你的想象而已,"塔彭丝说,"也许根本没这回事。话说回来,这一天也不能说是完全浪费,总算有所发现。"

"和玛丽·乔丹有关吗?"

"那倒不是。我已经说了,在地下室几乎没有发现任何东西。我原本以为会在那儿找到些照相器材,但最后只发现了些破烂儿。只有镶嵌红色玻璃、用旧了的显像灯以及装月桂油的瓶子。但地下室里有石板,掀开后可以在下面藏东西。那里虽然有几个破旧的皮箱和两个旧衣箱,但都已经不能用了,一踢就成了碎片,完全没用。"

"太遗憾了,"汤米说,"真是白费气力。"

"不过,倒也有些有趣的事情。我对自己说,人必须常常提醒自己——还是先上楼吧,除掉身上的蜘蛛网以后再告诉你不迟。"

"是应该先洗一洗,"汤米说,"洗干净后再说会比较好。"

"想做'和睦夫妻'的话,"塔彭丝说,"你必须经常看着你的妻子,而且不论她什么年纪,都要认为她很可爱。"

"塔彭丝,在我看来,你确实非常可爱。挂在左耳上的蜘蛛网非常有吸引力,仿佛尤根妮皇后肖像画上常看到的鬈发,轻轻垂挂在颈项边。只是你的鬈发上缠了蜘蛛。"

"别这样说,"塔彭丝说,"我讨厌蜘蛛!"

塔彭丝用手拂去蜘蛛丝,走上二楼。再回到汤米跟前时,面前已摆上了玻璃杯。她迟疑地看着杯子。

"不会让我喝月桂油吧？"

"才不会呢，我比你更不想喝月桂油。"

"那就继续刚才的话题吧——"塔彭丝说。

"无论如何你都会说的，"汤米说，"让我来催会更加显得我有所期待。"

"我对自己说：'如果要在这屋里藏一些不想让人发现的东西，你会选择什么地方呢？'"

"是的，"汤米说，"非常合乎逻辑。"

"什么地方可以藏东西？我马上想到了一个地方——是玛蒂尔德的肚子。"

"你说什么？"汤米说。

"那匹摇摆木马玛蒂尔德的肚子，我不是告诉过你那匹美国制的摇摆木马吗？"

"这个家的很多东西都出自美国，"汤米说，"月桂油也来自美国吧。"

"如同老伊萨克说得那样，摇摆木马的肚子上有个洞——据说很早以前就有个洞了。我从里面挖出许多奇怪的旧纸片，没什么让人感兴趣的东西，但那的确是个藏东西的好地方，你觉得呢？"

"有这个可能。"

"当然还不能忘了木轮车。我又检查了一遍木轮车，虽然套着破旧的防水布，但里面什么都没有。其他地方就更别指望能找到东西了。剩下的只有书籍和那些书，人常爱把东西藏在书里。二楼的书房还没完全整理好吧？"

"应该已经整理好了。"汤米信心满满地说。

"还没有，最下面那格还没整理。"

"那里不需要整理，底层的书不需要梯子就可以拿到。"

"说的也是。我到书房去，坐在地板上查看最下面的那一格，发现那里几乎全是布道的书。似乎是卫理教派牧师编撰的过去的布道书。很没意思，也没什么内容。我把那些书都清理到了地板上，然后我有了一个发现。不知道什么时候，有人在那里凿了一个大洞，还在里面塞了各种各样的东西。书大都被撕破了，其中有一本棕色封面的书，我抽了出来。毕竟，什么可能都有，对吧？你猜那是什么书？"

"不知道。是初版《鲁滨孙漂流记》这种有价值的书吗？"

"不是。是本生日册。"

"什么是生日册啊？"

"以前的人常有这种册子，那是很久以前了，也许比帕金森家住这儿的时候还要早。总之已经破破烂烂的了，根本不值得保存，谁都不会有兴趣去打开的。但我想也许可以从中发现点儿什么。"

"你是说也许有人把东西夹在生日册里是吗？"

"是的。可是没有人这样做。不过，我要再仔细查一查，我还没好好看过。也许里面有很有意思的名字，可以发现些东西。"

"也许吧。"汤米怀疑地说。

"我要说的就是这些。最下面的那格除了一个洞之外什么都没有。此外要去查看的就是碗橱了。"

"家具呢？比如秘密夹层之类的？"

"哦，汤米，你已经不会用正常的眼光看东西了。现在屋里的家具全是我们自己的。我们搬进的是幢空房子，家具是我们自带的。以前留下来的只有那叫KK的温室里破旧的玩具和花园中的凳子。真正的古董家具全都没留下。也许被之前住这里的人带走或卖掉了。从帕金森家到现在,有很多人在这里住过,所以帕金森家的东西是不会有了。不过,我还是找到了一些东西。不知道对我们的调查有没有帮助。"

"什么东西?"

"中餐的菜单。"

"中餐的菜单吗?"

"是的,在食物贮藏室旁边还没整理过的碗橱里找到的。之前住在这儿的那家丢了钥匙,我在一个旧盒子里找到了那把钥匙——其实是在KK里找到的。我在钥匙上涂些油,打开碗橱,发现里面什么都没有。脏碗橱里只有一些破陶器,一定是我们之前那一家人留下来的。但最上面的架子却放着宴会上用过的、维多利亚时代的中餐菜单。菜单上尽是些可口佳肴,真是棒极了!吃完晚饭我再念给你听。真是美味,两道汤,清汤和浓汤,还有两道鱼和两盘小菜,以及沙拉,然后是排骨肉,还有——我记不清楚下一道是什么了。是洋酒和果汁做成的冰淇淋——这也算冰淇淋吗?还有龙虾沙拉!真是难以置信!"

"好了,塔彭丝,别再说了,我听得受不了了。"

"我觉得这菜单很有意思。一定有些年头了。"

"你希望从这些发现中得到些什么呢?"

"可能有所发现的是那本生日册。册子上出现了一个叫温尼弗雷·莫里森的人。"

"然后呢?"

"温尼弗雷·莫里森是格里芬夫人出嫁前的名字,就是最近请我去喝茶的那个人。她是村里最老的居民,记得很多过去的事情。我想她可能记得或听过生日册中的其他名字,也许可以从她那里探听到些什么。"

"也许,"汤米吞吞吐吐地说,"我仍然想——"

"你仍然想什么?"塔彭丝问。

"我不知道该怎么想才好,"汤米说,"还是睡觉去吧。你不认为我们应该放弃这件事情吗?为什么一定要知道谁杀害了玛丽·乔丹呢?"

"你不想知道吗?"

"我不想知道,"汤米说,"至少——算了,还是投降吧。你已经把我拖进去了。"

"你有没有什么新发现?"塔彭丝问。

"我今天没空。不过我得到了一些消息。干脆告诉你吧,我请那女人——就是那个精通调查方法的女人——去调查了一些事情。"

"很好,"塔彭丝说,"我们很有希望会有所收获。虽然没有什么意义,但可能很有意思。"

"也许不像你想象得那么有意思。"

"没关系,"塔彭丝说,"只要尽了力就好。"

"别把事情都揽在自己身上,一个人到处乱闯,"汤米说,"我不在的时候最担心这个。"

第六章 罗宾逊先生

"不知道塔彭丝又在干什么。"汤米叹着气说。

"对不起,我听不清楚你在说什么。"

汤米转过头,看着科罗顿小姐。科罗顿小姐身材瘦小,一头染过的灰发已经大半退色。她想利用染发剂使自己看起来更年轻(但其实没有多大效果)。她尝试了优雅的灰色、雾露般的烟色、钢铁的蓝色以及其他适合六十到六十五岁之间老妇人的有趣颜色染头发,想使自己的这项研究更为有效。她脸上显现出苦行僧的骄傲以及对自己成就的绝对自信。

"没什么,科罗顿小姐,"汤米说,"我只是在想些事情而已。"

汤米小心翼翼地不让自己发出声音,不过心里却在想塔彭丝今天到底又做了什么。肯定是什么愚蠢的事。可能坐上那形同废物的儿童玩具从山上往下滑,玩具摔成碎片,导致她折断了什么地方的骨头而半死不活。也许是坐骨。近来常有人折断坐骨。不知为什么坐骨比其他地方的骨骼更容易断。此时此刻,塔彭丝一定在干傻事或什么无聊的事。也许没做傻事,也许没有无聊,但是做了非常危险的事。对,是危险的事!塔彭丝很容易就会陷入危险的境地。汤米模糊地想起了过去发生的几件事。他突然想起了一首诗,不禁放声念了起来:

命运之门……

篷车不度，飞鸟不惊，

啁啾声声依然响遍鸟尽弓藏之地。

科罗顿小姐立刻有了反应，令汤米大感意外。

"这是弗莱克尔的诗，"她说，"是弗莱克尔的诗。这几句之前是'死亡商队……灾厄之洞，恐怖之堡'。"

汤米凝视着她，突然意识到，科罗顿小姐一定误以为要她去调查诗的问题了：这几句引文的出处以及诗人的底细。科罗顿小姐的问题在于她调查的范围实在太过广泛。

"我只是想到了我妻子。"汤米略带歉意地说。

"是这样啊。"科罗顿小姐说。

她以完全不同的表情看着汤米，认为他们夫妇间一定起了什么争执。她可能会告诉他婚姻问题协调中心的地址，让他去那儿咨询如何调解夫妻间的纠纷。

汤米急忙问："前天请你调查的事情有没有什么结果？"

"已经调查过了，没碰到什么麻烦。索摩塞特大厦效率很高。你所需要的东西那里几乎都有。我已经把名字、住址、出生日期、婚姻与死亡情况全都搞到手了。"

"是玛丽·乔丹的吗？"

"除了玛丽·乔丹，还有玛丽亚和波利·乔丹，另外还有个莫莉·乔丹。你看要找的是不是在里头？"

科罗顿小姐把打着字的小纸片递给他。

"谢谢，非常感谢。"

"此外还有些住址是你前几天问我的，只有达林普少校的住址还没找到。近来人们经常搬家。我想再过两天就可以查到。这是赫塞尔顿医生的住址,他目前住在沙比登。"

"谢谢,"汤米说,"我也许会从他开始查。"

"还要做其他什么调查吗?"

"我这里的名单上有六个人,有些还没请你查过。"

"没问题,"科罗顿自信地说,"我什么都能做!要找的东西常常就在你开始寻找的地方,这说法虽然有点蠢,但你知道,有的事就是这样的。很久以前我第一次从事这种工作时,我才意识到塞尔福利基咨询中心是多么有用。即使就最古怪的事情提出最古怪的问题,他们也能够回答,或告诉你立刻就能得到线索的地方。可最近他们已经不做咨询了。说到调查,现在我处理的大部分都是'如果想自杀'之类的问题。当然还有些遗嘱的法律事务和有关作家的奇怪问题。再有就是海外工作和移民的问题。我的工作范围可真够广的!"

"的确如此。"汤米说。

"我还救助酒精中毒者,有些协会擅长这方面的工作,其中一些非常专业。我有份名单——上面清晰地列明了——绝对可以相信的那些协会——"

"我会记住的,"汤米说,"要是我发现了酒精中毒症状,一定马上来这里求助。"

"贝尔斯福德先生,没事,你没有出现酒精中毒的症状。"

"鼻子红不算吗?"汤米问。

"女人会比较麻烦,"科罗顿小姐说,"她们戒酒比男人更难。男人也会复发,但不怎么引人注意。有些女人看起来已完全治好,似乎多喝些柠檬汁就能满足。然而某天晚上又忽然在宴会上故态复萌。"

科罗顿小姐看了看手表。

"对不起,我还有一个约会,马上要到上格罗文诺街去。"

"谢谢你的帮忙。"

汤米开门,帮科罗顿小姐穿上大衣,然后回到房间说:

"今晚我必须告诉塔彭丝,目前为止我们的调查员认为:因为妻子酗酒,我们的婚姻生活正面临崩溃。糟糕,接下来还不知会发生什么事呢!"

与科罗顿小姐告别以后,汤米赶到托特纳姆大街的廉价餐厅赴下一个约会。

"真是意想不到!"一个年纪相当大的男子从座位上站起来说,"想不到还能见到红发汤姆,想不到竟然还会遇到你。"

"不是吧,"汤米说,"红发越来越少,现在是灰发汤姆了。"

"人人都一样。你现在的身体可好?"

"表面上没什么大变化。可是,灵敏度已经不行,越来越退化了。"

"上次跟你见面已经过了多久?两年?八年?还是十一年?"

"哪有那么久。去年秋天我们还在马尔特斯·卡兹的宴会上见过面,你不记得了吗?"

"没错,那时的确见过。真遗憾,那家店铺已经倒闭了。以前就常觉得它会倒闭。房子盖得不错,但东西不是很好吃。近来你在做什么?仍然在做跟谍报活动有关的工作吗?"

"不,"汤米说,"我已经和谍报活动没有任何关系了。"

"天哪,真是浪费才华!"

"你呢,羊排肉?"

"我年纪太大了,已经不能以这种方式为国家效力了。"

"近来没有什么谍报活动了吗?"

"我想还有很多,但都起用些聪明的年轻人。这些年轻人多半刚大学毕业,正为就业艰难地东奔西闯。你现在住哪儿?今年我给你寄了圣诞卡,其实是一月寄的,结果信封上注明'住址有误',又退了回来。"

"现在住在乡下,是个叫霍洛圭的近海小村。"

"霍洛圭,是霍洛圭吗?我仿佛想起些什么。以前你在那儿负责过案子是不是?"

"不是我们这个时代的事情,"汤米说,"我住进去以后才听说这件事。是很久以前的事了——至少有六十年。"

"跟潜水艇有关是不是?有人把潜水艇的设计图给卖了。我忘了买方是什么人。可能是日本人,也可能是俄国人——其他国家也有嫌疑。倒卖者在摄政公园和对方的代理人见的面——好像是大使馆的三等秘书,不是什么小说里写的那种美丽女间谍。"

"羊排肉,我有几件事想请教你。"

"你尽管问,我现在的生活沉闷得几乎有点乏味。玛格丽——你还记得玛格丽吗?"

"当然记得。我差点赶上你们的婚礼。"

"但你没赶上。我记得你好像是坐错了火车。你坐上了开往苏格兰的火车,而不是开往苏瑟尔的。总之,你没有来。不过,也没什么大不了的。"

"你究竟有没有结婚?"

"我结婚了。可不知为什么没能持久,一年半就结束了。玛格丽已经再婚,我还是孤身一人,不过过得挺愉快。我住在波隆,那里有块不小的高尔夫球场。我姐姐跟我住在一起,她是个寡妇,还有点钱。我们一起过得很好。她耳朵有点聋,听不见我说的话，我只好对她大声吼叫。"

"你说你听说过霍洛圭，那里真的和间谍有关系吗？"

"说实话，那已经是很久以前的事了，我都不太记得了。当时可引起了不小的风波，一个年轻优秀的海军军官，多半是英国人，看上去绝对可以信任，但想不到竟然完全不是那么回事。他被外国间谍机构腐蚀了——不记得是哪个国家了，想必是德国。那是在一九一四年战争爆发以前的事。不错，我想一定是这样。"

"那起案件似乎牵连到一个女人。"

"我隐约听说过玛丽·乔丹的事，但并不十分清楚。当时是报纸上的热门新闻。而且我想她就是那个人的妻子——我是说那个毫不可疑的海军军官。他的妻子跟俄国人接触——不，不，那是后来发生的另一件事。这种事很容易搞混——情节基本上都差不多，妻子觉得丈夫的收入不够，也就是说她自己的收入不够。所以——对了，为什么要挖掘这种发了霉的事情？它跟你有什么关系？你曾为以前坐上卢西塔尼亚号，或与卢西塔尼亚号一起沉没的人做过些事，对不对？那已经是很久以前的事了。你或你夫人似乎跟那个案子有所牵连，我记得没错吧？"

"是的，跟我们两人都有牵连。"汤米说，"过去很久了，我已经全忘了。"

"跟一个女人有关是不是？叫珍·费什希还是珍·怀尔？"

"是珍·芬恩。"

"她现在在哪儿？"

"和一个美国人结了婚。"

"好极了。我就喜欢谈论我的那些老朋友以及在他们身上发生的事情。如果他们已经死了，你会大吃一惊，如果还没死，你会更加吃惊。这是一个让人进退两难的世界。"

汤米说:"不错,这个世界非常让人为难。"这时服务员走了过来。吃什么好呢?……他们的谈话继而转移到菜肴上。

接下来汤米还有另一个约会。这次见到的是一个神情凄凉、头发苍白的人,他坐在自己的办公室里,显然为了不得不抽出时间见汤米而心怀怨恨。

"这个,我真的不能说。当然我知道一点你要谈的事——当时轰动过一阵,还导致了政界的大地震——但我真的不太清楚。你该明白,这种新闻的热度保持不了多久,对吧?只要报纸又挖到其他丑闻,就会很快被人们遗忘。"

自己从未怀疑过的事忽然被曝光,或者好奇心被一件特别的事勾起的时候,人会爽快地打开话匣子。他说:

"是的,有件事也许有所帮助。我给你一个地址,我已经帮你约好了时间。那是个相当好的人,什么都知道。在这方面是顶尖人物,绝对是。是我女儿的教父,对我非常好,常常尽可能给我方便,所以我要见见你。我说,你很想知道一些事情,还告诉他你是个好人,他答应听听你的问题。他也知道一点你的事,很欢迎你去,约会定在三点四十五分,这是地址,是他在城里的办公室,你们应该没见过吧?"

"我想没见过,"汤米看着名片和地址说,"的确没见过。"

"见了面,你就会觉得他无所不知。我是说他的脸型方正,头发稀疏。"

"脸型方正,头发稀疏吗?"汤米问。

事实上,他不太相信这种说法。

"他是最顶尖的,"这位头发斑白的朋友说,"绝对是顶尖人物。他也许可以告诉你一些事情,祝你好运。"

抵达城里的办公室时,一个三十五到四十岁左右的男子出来迎接汤米,这男子用一种可以忍受任何困境的坚毅目光望着他。汤米觉得对方在怀疑自己,似乎自己把炸弹藏在了什么秘密的地方,或想干劫机、绑架、持枪劫持之类的不法勾当,他不禁焦躁起来。

"你跟罗宾逊先生约好了见面是吗?约在几点钟?对的,是三点四十五分。"男子看了眼记事本,"是托马斯·贝尔斯福德先生吧?"

"是的。"汤米说。

"好,请在这里签名。"

汤米在指定的地方签名。

"约翰逊!"

一个二十三岁左右的神经质男人像幽灵一样从被玻璃隔开的桌子后面出现。

"带贝尔斯福德先生到四楼罗宾逊先生房间。"

"是。"

约翰逊走向对自己总是不太友善的电梯。门开了。汤米走过去,门在距离他后背仅仅一英寸的地方迅速关上,差点夹住他。

"寒冷的下午。"约翰逊说。他的态度非常亲切,眼前这个人竟然获准去见身居要职的罗宾逊先生,一定是位重要人物。

"是啊,"汤米说,"一到下午,天似乎就变冷了。"

"有人说是大气污染造成的,也有人认为是北海的天然气造成的。"约翰逊说。

"这我倒是第一次听说。"汤米说。

"我也不这么认为。"约翰逊说。

电梯经过二楼和三楼,最后终于到了四楼。这次汤米仍以一英寸之差逃离了关上的门。约翰逊领着他穿过走廊,来到一扇门前,约翰逊敲了敲门,有了回应后才推开门让汤米进去,说:

"贝尔斯福德先生,预约好的。"

约翰逊走出房间,关上门。汤米朝前走了几步。房间似乎被一张桌子占据了一大半空间,桌子后面坐着一个身形庞大的男人——果然如朋友所说,脸型方正,头发稀疏。汤米看不出他是哪国人——说他是哪国人似乎都可以。汤米认为他可能是外国人。是德国人还是奥地利人?会是日本人吗?当然也可能是地道的英国人。

"贝尔斯福德先生,你好。"

罗宾逊先生起身同汤米握手。

"很抱歉占用了你的时间。"汤米说。

汤米觉得自己曾经见过罗宾逊先生,或者说罗宾逊先生曾经引起过他的注意。总之,他有点害羞,因为那时罗宾逊先生是个非常重要的人物。汤米猜测(其实是感觉到),罗宾逊先生现在依然是个非常重要的人物。

"听说你想知道一些事情,你的那个我记不太清名字的朋友把大概的情形告诉了我。"

"我没想——我是说,我没想用这种事来麻烦您。这件事其实没那么重要,只是——只是——"

"只是个想法吗?"

"是我夫人的想法。"

"我听说过你夫人的事,也听说过你的事。最近的'M 或

N'就是你们解决的吧？不，是'N或M'，那件事我记得很清楚，连细节都一清二楚，你逮捕了那位海军中校，对不对？虽是英国海军的军人，但其实是个地位显赫的'匈奴人'。我依然常把德国兵称为'匈奴人'，当然，世道变了，英国和德国都是欧洲共同体的成员，也可以说是全部进了育儿院。你当时做了很多事，实在很了不起，你夫人也一样。肯定是儿童读物。我至今还记得，呆头鹅——呆头鹅对吧？最终使他露出了原形。上楼下楼晃荡什么？去我夫人的房间干吗？"

"连这种事都记得，真是了不起。"汤米满含敬意地说。

"没什么。人们通常会对自己的记忆力感到吃惊。其实只是在脑海中浮现而已。你们一定为没能早点意识到而觉得自己很傻吧？"

"是很傻，他的演技很逼真。"

"这次是什么事？你们在调查什么？"

"其实也没什么，只是——"

"好了，想怎么说就怎么说吧，不需要字斟句酌，只要说到点子上就行。坐下来，让脚休息会儿。你也许不知道——我也是上了年纪以后才知道的——让脚休息是件非常重要的事情。"

"我也已经上了年纪，"汤米说，"就等着进坟墓了。"

"别这样说。到了一定的年纪，就可以踏踏实实地过日子了。说正事吧，你到底在调查什么？"

"简单地说，就是我和我妻子搬进了一幢新房子，在那里遇到了一些困扰——"

"明白，"罗宾逊说，"我知道这类事情，电工在地板上到处钻洞，你们不小心掉了下去，另外——"

"那里有一些前屋主留下来打算卖掉的书。全是儿童读物，各种各样的——你知道的,亨蒂之类的。"

"我记得小时候曾经看过亨蒂的书。"

"我妻子看的一本书里,有人在一些字母下面画了红线,这些字母连在一起就成了一句话。另外,从那以后发生了许多怪事——"

"很有意思,"罗宾逊先生说,"我倒很想听听你说的那些怪事。"

"把画线字母连起来是这么一句话:'玛丽·乔丹并非自然死亡,凶手是我们之中的一个。'"

"非常有意思,"罗宾逊先生说,"我第一次碰到这种事情,真是这样吗?'玛丽·乔丹并非自然死亡,'谁画的红线?有线索吗?"

"是小学生模样的男孩,姓帕金森,这家人在我们现在的房子里住过。这男孩想必是帕金森家的人,叫亚历山大·帕金森,他埋在村里的教堂墓地。"

"帕金森。"罗宾逊先生说,"等等,让我想想,帕金森——这名字似乎和什么事件有关,但一时想不起是谁、什么事,以及在什么地方。"

"我们非常想知道玛丽·乔丹是什么人。"

"因为她不是自然死亡吗?不错,这的确是你们的拿手好戏。这些事确实奇怪。关于玛丽·乔丹,你知道些什么?"

"几乎一无所知,"汤米说,"当地似乎也没人记得她,没有人说得出任何关于她的细节,只知道她是以工作换取食宿的女孩或家庭教师。有人说她是个女间谍,但丝毫没有依据。你看,这真是太难办了。"

"她死了吗——死因是什么?"

"有人不小心把洋地黄的叶子混在了从园子里采来的菠菜里，然后她们吃了下去。在我看来，这应该不足以致命。"

"是的，"罗宾逊先生说，"不足以致命。但如果把过量的洋地黄甘生物碱放进玛丽·乔丹的咖啡或鸡尾酒里——之后再把一切怪罪到洋地黄叶子上，这件事就会被归为意外。但那个叫什么亚历山大·帕金森的小学生没有受骗，他一眼就看出来了，是吗？贝尔斯福德，没有其他线索了吗？这是什么时候的事？一次大战，二次大战，还是更早以前？"

"更早以前，有传言说她是个德国间谍。"

"我记得这案子——曾经轰动一时。一九一四年以前在英国工作的德国人都被认为是间谍。受牵连的英国人总被说成'毫不可疑'的人，对这些毫不可疑的人，我向来很小心，这些陈年往事最近已经很少有人提起了。我是说，即使该案的资料公开，民众也不会对其产生兴趣。"

"是的，所有的信息都很粗略。"

"是的，现在就更加模糊了。跟被窃的潜水艇机密有关的消息总是非常笼统，关于飞机的消息也是这样。这类消息很多，容易引起民众的兴趣，但都比较简略。其实，这里也有政治方面的因素。许多政界的大人物这时纷纷粉墨登场。对于他们，人们常这样说：'哦，他是一个真正的廉洁之士。'说他们'廉洁'跟之前的'毫不可疑'一样，都是很危险的，真正的廉洁，哪有这种事！"罗宾逊先生说，"这让我想起了第二次世界大战。有些人跟世人眼中的廉洁完全背道而驰。住在附近的一个人就是那样，他在海峡对面有自己的房子，培养了许多希特勒的信徒，他说我国唯一的机会就是跟希特勒联手。这家伙表面看来确是高贵之士，也有很好的政见，大喊消灭贫穷、不自由和不公正。他不是法西斯，却替法西斯摇旗呐喊；西班牙的情形也一样，在佛朗哥的统治下和法西斯联手，一切由此开始；还有那个擅长雄辩的墨索里尼。战争前这种事很常见，谁都不知道这些没有浮出水面的事情会造成何种影响。"

"您似乎无所不知，"汤米说，"抱歉，这样说也许太冒昧了。只是，能遇到你这样无所不知的人，实在令人兴奋。"

"没错，如同你说得那样，任何事都有我的份。我知道许多事情的缘由和背景。多听，就可以知道许多事情，从牵涉其中和见闻颇广的老朋友那里听到很多事情。你也是这样做的吧？"

"是的，"汤米说，"确是如此，我见了以前的朋友，他们又见了其他的老朋友，打听到许多之前不知道的事。我以前不知道这些事，现在却把它们联系在了一起，真是太有趣了。"

"是啊，"罗宾逊先生说，"我知道你的想法——你的意图。遇到这种事真是很有意思。"

"问题是，"汤米说，"我们对这件事完全不了解——我是说，我们很可能是在犯傻。我们买了一幢房子，一幢我们一直想要的房子。我们按自己的喜好加以整修，还想建造一个可爱的花园。我想说的是，我不希望被这类事情所困扰。对我们而言，这只是好奇心在作祟。想了解以前发生的事情，想知道发生的原因，这是人之常情，没什么特殊的目的。做这种事对谁都没有好处。"

"我明白了。你只不过想多了解一些而已。这是人的本能，没什么好指责的。正是因为好奇，人类才去探究，才会飞到月亮上，才会为大海中的发现而振奋，才会在北海发现天然气，才不是从树木或森林而是从大海里发现供给我们的氧气。人类常会发现许多东西，一切都源于好奇心。没有好奇心，人跟乌龟有什么不同？和人比起来，乌龟的生活舒适得多。整个冬天都在睡眠中度过；据我所知，它们只吃草也能活过夏天，也许不是很有意思，却是非常平和的生活，另一方面——"

"另一方面，人可以说更像是猫鼬。"

"很高兴你读过吉卜林的书。吉卜林的价值没有获得充分承认，真是太遗憾了。他是个了不起的人，他的著作现在读来仍然非常了不起，他的短篇小说非常棒。在我看来，他是个被低估的作家。"

"我不想把自己弄得像个傻瓜，"汤米说，"不希望卷入与己无关的事情当中。应该说，这些事现在跟任何人都没关系。"

"这倒不一定。"罗宾逊先生说。

"我只是说说而已，"汤米对打扰了这么一个非常重要的人物而内疚，"事实上，我并不打算去发现真相。"

"我想你只是想发现真相去满足你妻子的好奇心。我听说过她的许多事，可惜不曾亲见。据说是位很了不起的女性。"

"我想是的。"

"我喜欢忠诚于对方的夫妇，他们会享受自己的婚姻生活，并且一直享受下去。"

"其实我很像只乌龟，我们夫妇都像。我们已经上了年纪，精神非常疲惫。到这种年纪，身体即使非常强健，也不愿意生活受到打扰。我们不希想与任何事有牵连，只是……"

"我明白，我明白，"罗宾逊先生说，"不必为此辩解。像猫鼬那样，你就是想知道真相，贝尔斯福德夫人也一样。从我对她的了解来看，我敢说她一定会设法查证有关事实的。"

"你认为她比我更有热忱吗？"

"是的，你不像她那样热心探知真相。但在调查这点上，你完全不亚于她，因为你有找到信息源的门路。然而即便有信息源，查证那么久远的事情也并不容易。"

"所以我才不得不来打扰你，如果不是'羊排肉'，我还见不到你呢，我是说——"

"我知道你说的是谁。他有羊排肉似的络腮胡，所以才得到了这个绰号。他人很好，退休前也干得很不错。他知道我对这类事很感兴趣，才要你来找我，我很早就开始调查，而且有了发现。"

"所以，"汤米说，"你才得以身居高位。"

"这是谁告诉你的？"罗宾逊说，"完全是一派胡言。"

"可不都是胡说啊！"汤米说。

"有人爬上高位，有人被推上最高地位，我属于后者。年轻时我受命做过几件很重要的工作。"

"是——是那件与法兰克福有关的事吗？"

"听到传言了吗？你最好把它忘掉，知道太多并不好。别以为我会拒绝你继续提问，我也许能回答一些你想知道的事情。如果说我知道一些发生在几年前，但仍然能对今天造成影响的事情，或者说我知道些可能对现在的事有所影响的线索，千万别认为我在说谎。我不会放过任何有意思的人，更不会放过任何有价值的事情。只是我不知道能给你什么帮助。聆听别人的话，从中筛选出对过去案情有价值的线索可是件技术活儿。我们可以先订个暗号，享受兴奋的感觉，领略受重视的滋味。'酸苹果果冻'，这个暗号如何？你说：我妻子做了酸苹果果冻，要不要来上一瓶？我就知道你的意思了。"

"你是说我能找到与玛丽·乔丹有关的线索吗？我可没这么大的信心。毕竟，她已经死了。"

"她确实已经死了。但是，人们常常因为听了旁人的闲话或者看了写在纸面上的东西,而对某人心怀偏见。"

"你是说我们对玛丽·乔丹的看法有误吗?你是说,她其实一点都不重要?"

"不,她可能非常重要,"罗宾逊先生看了看表说,"我必须下逐客令了,十分钟后有客人要来。是个非常无聊的家伙,但他是政界要员。想来你也知道近来的情况,政府,哪里谈的都是政府,不管到哪儿,你都会和政府照面,办公室、家里、超级市场、电视里都是政府的影子。其实我们需要的是自己的私生活。你和你夫人正在玩一个小游戏。你们是站在过普通人生活的基础上,从普通的生活背景出发去调查,这样做非常不错。你们也许会有所发现,发现些有趣的东西——也许会,也许不会。

"我不能再和你说下去了。我知道些只有我知道的事情,也许会在恰当的时候再告诉你。但人都已经死了,全告诉你也没什么用。

"我只告诉你一件可能对调查有所帮助的事情。你可能已经看过对某某海军中校的判决书,他因为进行谍报活动受到审判,而且被判了刑。他是卖国贼,仅此一条就足够判刑。可玛丽·乔丹……"

"哦?"

"你想知道玛丽·乔丹的事对不对?那我就告诉你一件有助于你思考的事情。玛丽·乔丹的确可以被称做是间谍——但不是德国间谍,不是敌国的间谍。孩子,你听明白了吗?你看,我都忍不住要叫你'孩子'了。"

罗宾逊先生放低声音,前倾着身体说:

"她是我们中的一员。"

第三部

第一章 玛丽·乔丹

"这么一来，情况就完全不同了。"塔彭丝说。

"是的，"汤米说，"是的，这个消息太令人震惊了。"

"他为什么要告诉你？"

"我不知道，"汤米说，"我想到了两三个不同的问题。"

"汤米，他是个怎样的人？你还没告诉我呢。"

"他是个头发稀疏的人，"汤米说，"脸型方正，头发稀疏，看上去非常、非常普通，然而——假如你懂我的意思——他又不是那么平常。如同我朋友所说得那样，他是个了不起的大人物。"

"这话听来简直像在谈论流行歌星。"

"近来人们常常这样说。"

"是的，可这是为什么呢？该不会是他说出了本不想说的一些真相吧？"

"那些都是很久以前的事了，"汤米说，"你要知道，都已经过去了，对现在没有任何意义。我是说，看看现在公布的事情吧，这些事情当初可能非常轰动，现在却不值一提。可以公开真相，没什么可隐瞒的了。谁写过什么东西，说过什么话，当初骚乱的起因是什么，这些被当作机密看待、绝对不能外泄的事情已经根本不重要了。"

"你这样说把我完全弄糊涂了，"塔彭丝说，"一切都不对劲了，是吧？"

"什么叫一切都不对劲了？"

"我是说我们看待事物的方法。我想说——我想说什么？"

"尽管说，"汤米说，"你怎么会连自己想说什么都不知道啊。"

"就是我刚才说的，一切都不对了。但我们在《黑箭》中发现的线索是真实的，这个事实非常清楚。有人在《黑箭》中留下了线索，就是那个叫亚历山大的孩子。这意味着有人——他们中的某个人，就像他说的，'我们中的一个'——但亚历山大想要说的是，家里的一个人或住在这房子里的某个人杀害了玛丽·乔丹，而我们不知道玛丽·乔丹是谁，因此非常焦虑。"

"天哪，这确实令人焦虑。"汤米说。

"你没有我焦虑，我真的备受困扰。我没有找到关于她的任何信息，至少——"

"你的发现就是原以为她是个德国间谍。是这样吗？"

"大家都这么说，我也以为那是真的，可现在——"

"是啊，"汤米说，"现在我们知道那不是真的了。她不但不是德国间谍，而且恰恰相反。"

"她是个英国间谍。"

"是的，应该是英国间谍或者安全人员——就是这类的称呼吧。总之，她是以某种身份到这儿探查消息的。她的目标是——是——那个叫什么名字的来着？唉，真希望我能记得住人的名字。我是说那个海军或陆军的军官，就是那个出售潜水艇机密的家伙。对，当时有不少德国间谍和他们的爪牙进入这村子，像'N或M'一样忙着进行谍报工作。"

"是的，看起来确实是这么回事。"

"她也许是被派来查这个案子的。"

"是的。"

"所以'我们之中的一个'并不是我们设想的意思,而是指这一带的人。和这房子有关的某个人,或是在特定情况下住在这房子里的人。玛丽死了,并非自然死亡,有人察觉到玛丽的任务,于是杀了她。亚历山大知道了这件事。"

"她也许装成德国间谍,"塔彭丝说,"跟海军中校交了朋友——名字就不提了吧,管他叫什么。"

"想不起来就叫他海军中校 X 吧。"汤米说。

"很好,就叫他海军中校 X。玛丽跟他慢慢熟悉起来。"

"这里那时还住了另一个敌方的间谍,"汤米说,"是个大组织的首领,他在码头附近有间小屋。他写了许多传单,宣称英国最佳的方案是跟德国联盟或者是他们合作——诸如此类的话。"

"真是一团乱麻,"塔彭丝说,"所有这一切——计划、秘密文件、阴谋、谍报活动——全都令人困惑不解。不过,我们也许找错了方向。"

"那也未必,"汤米说,"我不这么想。"

"为什么?"

"如果玛丽·乔丹是到这儿来探查消息的,而且真的查到了什么,他们——我是说海军中校 X 或一些其他人——必定有其他的人参与其中——他们发觉玛丽查到什么的时候——"

"别把我弄得糊涂了。你这么一说,我可是真的混乱了。算了,继续说下去吧。"

"发觉玛丽查到许多事情以后,他们必须——"

"让她不再说话。"塔彭丝说。

"你把这事说得像菲利普·奥本海默的案子了,"汤米说,

"那肯定也是一九一四年以前的事情。"

"总之，在玛丽还没有报告自己的发现以前，他们必须让她永远闭嘴。"

"肯定不止是这样，也许玛丽掌握了什么重要的东西——文件，资料，给某人的信之类。"

"是的，我知道你的意思。我们已经问过许多不同的人。可是如果玛丽是死于误吃蔬菜，亚历山大为什么要说'我们之中的一个'呢？他指的应该不是他自己家里的人。"

"很可能是这样，"汤米说，"其实不一定必须是这房子里的人。摘错叶子或把毒叶跟其他东西一起拿进厨房是常有的事，但量都不足以致命，最多饭后有点不舒服，送去看医生。医生检查食物，认为有人误食蔬菜，不会认为有人故意下毒。"

"吃的人可能全部会死，"塔彭丝说，"不死也会觉得不舒服。"

"那倒未必，"汤米说，"假如他们需要某人——比如说玛丽·乔丹去死，只要继续给她足以致死的毒物分量就行。午餐或晚餐在饭前的鸡尾酒或饭后的咖啡中放入洋地黄或乌头毒草，亦即从莴苣提炼的毒物——"

"是从乌头草中取得的。"塔彭丝说。

"你真是博学多识，"汤米说，"关键是每个人都因误食而轻微中毒，大家都有点不舒服——但只有一个人死了。你看，如果大部分人在午饭或晚饭后都觉得不舒服，调查后才知道吃错了东西，这种事时有发生。误把毒菇当香菇吃了；或者因为有毒浆果酷似于水果，而被孩子误吃。因为误吃而生病，但通常不至于全部死亡，最多只会有一个人，死者会被诊断为对任何毒物的敏感程度比其他人高，因此只有玛丽死去，其他人都获救了。不错，确实可以以误食搪塞过去,谁都不会调查,更不会被怀疑另有原因——"

"她当时可能和其他人一样只是有点不舒服,但是第二天早茶中又被下了足以致命的毒药。"塔彭丝说。

"塔彭丝,你一定有许多想法。"

"我对这种事确实有许多想法,"塔彭丝说,"可是其他事呢?我是说,是谁、他干了什么、又是为了什么?谁是'我们之中的一个'——现在可以说是'他们当中的一个'——谁会有这个机会呢?也许是逗留在村庄的人,这里某个人的朋友?有人从朋友那里带来一封信——这封信可能是假的,信上请'穆雷·威尔逊夫妇或其他什么人,好好接待我的朋友,她想参观一下你们美丽的花园。'这种事很容易办到。"

"是的,我想是吧。"

"如果是那样的话,"塔彭丝说,"昨天和今天发生在我身上的一些事情也许就可以解释为房子里有阴魂不散了。"

"塔彭丝,昨天你发生了什么事?"

"昨天,我坐木轮车从山上滑下,途中轮子突然掉了。我栽到智利松里,差点——差点出了大事。事先我让伊萨克老爹检查过木轮车,让他确保木轮车的安全,他说他查了。在滑下前,他告诉我肯定没有问题。"

"但结果却出问题了对吗?"

"是的。事后他说可能有人开玩笑,把轮子弄松,导致脱落。"

"塔彭丝,"汤米说,"我们在这里已经发生两三次意外了,是不是?在书房,差点有东西落在我头上,你记得吗?"

"你是说有人想把我们赶出去吗?那就意味着——"

"那就意味着这里一定隐藏着什么事情，"汤米说，"这幢屋子一定隐藏着一些什么。"

两人面面相觑，这是必须认真思考的问题。塔彭丝三次想开口，但每次都改变了主意，她露出为难的表情，继续思考。最后先开口的是汤米。

"他怎么想？关于'真爱'，他又说了些什么？我是说老伊萨克。"

"他只是觉得'真爱'坏得很厉害。"

"他不是说有人在开玩笑吗？"

"是的，"塔彭丝说，"他的确这么说了。'啊，'他说，'孩子们很爱玩这辆木轮车，老是喜欢把轮子卸下来。唉，真是太淘气了！'我没看到他们卸，估计是趁我不在的时候，等我离开家以后他们才开始卸。我问伊萨克，他是不是认为这只是在开玩笑？"

"伊萨克怎么说？"汤米问。

"他不知道该怎么说。"

"也可能是恶作剧。"汤米说，"孩子们确实喜欢这样的恶作剧。"

"你是不是想说有人事先知道我会玩木轮车，所以故意让轮子脱落，使木轮车摔成碎片——不，汤米，这未免太荒唐了。"

"唉，听起来似乎很荒唐，其实不然，是否荒唐要依事情的经过和原因而定。"

"我看不出有什么'原因'。"

"可以猜测得到——最有可能的'原因'完全猜测得到。"汤米说。

"你说的'有可能'是什么意思？"

"有人要把我们从房子里赶出去。"

"到底为什么？如果要这幢房子，可以向我们买啊。"

"是的，可以向我们买。"

"真是搞不懂——据我所知，这幢房子根本没人要。我是说，我们搬来的时候根本没有其他人来看这房子。人们似乎觉得这幢房子已经落伍了，必须整修才能入住，所以就算价格便宜也没人要。"

"我可不认为有人要把我们赶出去。也许是因为你到处乱钻，问了许多不该问的问题才导致现在的局面吧。"

"你是说我挖掘出了许多别人不想让人知道的事情，是吗？"

"没错，"汤米说，"我是说如果我们不搬进来，而是因为对房子不满意而转手挂牌的话，那就不会有事情，他们会觉得满意，我觉得他们不会——"

"你说的'他们'是谁？"

"我不知道，"汤米说，"我们终究会碰到'他们'的，过去只有'他们'，现在又有了'我们'，也有'他们'，必须在脑海中把'我们'和'他们'区分开。"

"那伊萨克呢？"

"你什么意思，这跟伊萨克有什么关系？"

"我不知道，我只是怀疑伊萨克可能和这件事有关。"

"他年纪已经很大了，长期住在这里，而且知道一些事情。如果有人给他五英镑钞票，你不认为他会弄松'真爱'的轮子吗？"

"我认为不会，"塔彭丝说，"他没这个胆量。"

"不需要什么胆量，"汤米说，"他只要收下五镑，卸下螺丝钉就行——你坐上木轮车，从山上冲下来，木轮车就会支离破碎。这种事不需要什么胆量。"

"我觉得这完全是你毫无依据的想象。"塔彭丝说。

"迄今为止,你已经瞎想了不少事了。"

"不错,但是完全吻合,"塔彭丝说,"跟我们听说的事完全吻合。"

"从搜集到的或者调查的情况看,我们似乎还没有掌握事情的真相。"

"你的意思和我刚才说的一样,事情被完全弄颠倒了。玛丽·乔丹不是敌方的间谍,而是英国特工。玛丽为了某个目的到村里来,她也许已经达到了这个目的。"

"如果是这样的话,"汤米说,"我们可以用这条新得到的线索把事情澄清。她来这儿是为了探明一些事情。"

"多半是调查与海军中校 X 有关的一些事,"塔彭丝说,"必须查到这个人的名字,总是说海军中校 X 简直太费神了。"

"好的,好的,可你也知道这种调查有多难。"

"可是玛丽查到了,并且提交了报告,也许有人打开了那封信。"

"你说的是什么信?"汤米问。

"我说的是玛丽给联络人的信。"

"哦。"

"你觉得联络人是她父亲或祖父之类的人吗?"

"我可不这样认为,"汤米说,"我觉得不会这样安排,乔丹这名字可能是她自己取的,上级可能觉得这是个好名字,假如她有部分德国血统,这名字无论如何都不会跟她的过去联系在一起。乔丹来这里也许是为了我们的某项工作,而不是为他们的某项工作。"

"为我们而不是为他们，"汤米重复了一遍，"是在国外。那她是以何种身份到这儿来的呢？"

"哦，我不知道，"塔彭丝说，"我们必须调查她是以什么身份到这儿的……总之，她到这儿来调查，并把调查结果传递给一些人，也可能没有传递出去。我是说她可能没写信，而是亲自去伦敦报告，比如在摄政公园和联络人见面。"

"通常不会这样做吧？"汤米说，"我是说，间谍现在一般不会跟大使馆中的同伙在摄政公园见面——"

"把东西藏在树洞里。你觉得他们真的会这样做吗？听起来似乎不太可能，这更像是青年男女传递情书的方法。"

"我敢说放进去的东西看上去像是情书，其实是用某种暗号写的。"

"真是个好主意，"塔彭丝说，"不过我觉得——那是很多年前的事了。现在要发现些什么，实在太困难了。知道得越多反而越没用，但我们绝不会因此罢手，汤米，你说是吗？"

"我想是的。"汤米叹了口气说。

"你希望我们就此罢休吗？"塔彭丝问。

"是的，在我看来——"

"你不会放弃的，"塔彭丝打断了他的话，"要让我放弃也绝对不可能。我一直在想着这个案子，全身心地投入其中，甚至到了食不知味的程度。"

"问题是，你真的知道我们该从何着手吗？"汤米说，"我们现在只知道对付的是间谍活动，是敌人为了达到某一目的而进行的间谍活动，其中的一部分业已完成，另一部分可能尚未完成。但我们不知道——不知道谁投靠敌方参与了这项行动。我是说，在我国的情报人员中，一定有人叛变，本该是人民公仆的人成了卖国贼。"

"是啊,"塔彭丝说,"应该是这么回事。一定要把那家伙抓起来。"

"玛丽·乔丹的任务就是跟这种人接触。"

"跟海军中校 X 接触吗?"

"我想是的,也可能是跟海军中校 X 的朋友接触以找出事实。为了达到这个目的,她必须要找到线索。"

"你是说帕金森家——我们似乎又回到帕金森家了——也与此有关吗?帕金森家会和敌人是一伙的吗?"

"看上去不太可能。"汤米说。

"那我就不明白了。"

"我想问题多半和这房子有关。"

"这房子?可后来这房子里住的都是其他人啊。"

"是的。但他们不会像——塔彭丝,他们绝对不会跟你一样啊。"

"不会像我,这是什么意思?"

"他们不会像你这样对旧书感兴趣,继而翻查旧书从而有所发现。他们只是些循规蹈矩的普通人。他们搬到这里住下,不会像你那样东翻西找的。楼上住用人,没人会去查看。可能有些东西藏在这房子里,也许是玛丽·乔丹藏的,她要么是等人来取,要么是借故去伦敦时顺便带去。她可以去看牙医,也可以跟老友见面。玛丽把拿到的东西或情报藏在了这幢房子里。"

"你不会以为它们现在还藏在这屋里吧?"

"不,当然不会,"汤米说,"我不这样认为,但谁都说不准。有人害怕我们也许会找到或已经找到,才想把我们赶出这房子。也许他们一直在找却没有找到,原以为藏在了房子以外的地方。"

也许他们认为我们已经找到,想从我们手里把它们夺走。"

"汤米,"塔彭丝说,"事情变得越来越有趣了,是不是?"

"这只是你我的想法而已。"汤米说。

"别这么扫兴,"塔彭丝说,"我要里里外外重新搜索一番——"

"你要干什么?难道要把菜园也翻过来吗?"

"不,"塔彭丝说,"是碗橱和地下室之类的地方。汤米,没准我们真能发现点什么。"

"塔彭丝,"汤米说,"我们来这里时期待的是平静愉快的老年生活。"

"靠养老金怎么可能平静愉快,"塔彭丝说,"对了,我有了个想法。"

"什么想法?"

"我要去跟靠养老金生活的老年人好好谈谈。天哪,以前我怎么没想到他们呢?"

"天哪,先照顾好你自己,"汤米说,"我想最好能待在家守着你。可明天我还要到伦敦去调查呢。"

"我也打算在这儿好好调查一下。"塔彭丝说。

第二章 塔彭丝的调查

"就这样过来了,希望没有打扰你。"塔彭丝说,"我担心你要出去或是太忙,本想打个电话的。这样打扰实在有点不太好。其实也没什么特别的事情,如果不方便,我可以马上告辞。我是说,被你轰走我一点都不介意。"

"贝尔斯福德夫人,你在说什么呢,见到你我高兴还来不及呢!"格里芬夫人说。

她在椅子上挪动了一下,让自己的后背靠得舒服点,以满足的表情看着塔彭丝那张焦虑的脸。

"有新人到村里来定居,实在叫人高兴。我们对周围的一切已经太熟悉了,而新人的出现——尤其是像你们这样一对夫妇——简直就是对我们的奖励。真希望有一天能请你们过来吃饭。只是不知道你先生什么时候能回来。他大部分时间都在伦敦,是不是?"

"是的。"塔彭丝说,"非常感谢你的好意。房子装修好以后,希望你能过来看看。本以为快要装修好了,却一直拖着。"

"装修房子就是这样的。"

从家里的女仆、老伊萨克、邮局的格温达及其他信息来源的反馈来看,格里芬夫人已经九十四岁了。为了缓和后背的风湿病,她努力维持着笔直的身姿。这种身姿配合轻盈的动作,常使她带给人一种更年轻的感觉。脸上虽然刻了皱纹，但是看到她围着花边围巾的茂密白发，塔彭丝就会想起幼时见过的那些阿姨。格里芬夫人戴着远近两用的眼镜，脖子上挂着助听器——这个年纪的人必须借助助听器——但据塔彭丝的观察，格里芬夫人似乎很少用到。她的思维相当活跃，看来可以活到一百岁，甚至一百一十岁。

"最近过得怎样？"格里芬夫人问，"电工不再进进出出了吧？我听多萝茜说的，就是那个罗杰夫人，她以前在这做过女仆，现在每周来打扫两次。"

"感谢上帝，电工的活儿终于结束了，我常常掉进电工挖开的洞里。其实我到这里来，"塔彭丝说，"是因为遇到了一些让我觉得困扰的事，一些说起来很荒唐的小事——想必你一定也觉得非常荒唐。事情其实是这样的：最近我开始整理一些旧书，都是买房子时一起买下的，大部分是很久以前的童书，不过其中有几本是我一直非常喜欢的。"

"是的，我了解，"格里芬夫人说，"重读以前读过的书的确是一件乐事。《曾达的囚徒》就是这一类书。我奶奶生前常看《曾达的囚徒》。我自己也看过一遍，的确非常有趣，具有浪漫情调，是孩子可以读的第一本爱情书。小时候大人不让我们看小说。妈妈和奶奶绝不允许我们一早起来看小说。当时不叫小说，叫故事书。历史和正统的书都不错，但有趣的只有小说，我们到下午才能看。"

"是的，"塔彭丝说，"我从那些书里找到了好几本非常想重新读的小说，尤其是莫斯沃思夫人的作品。"

"是《织锦挂毯的房间》吗？"格里芬夫人饶有兴致地问。

"是的，我常看《织锦挂毯的房间》。"

"我以前最喜欢看《四面来风的农场》。"格里芬夫人说。

"那里也有这本书,此外还有莫斯沃思夫人好几部其他的作品,以及很多别的作家的书。整理完上面的书以后,我弯下腰整理最下面的那格书架,在那儿发现了问题。我是说,那里被撞得很厉害,一定是搬家具时撞的。移开架子上的书以后,架子底部出现一个洞,洞里有许多有些年头的东西。大多数是破破烂烂的书,另外还有这个。"

塔彭丝拿起用棕黄色包装纸简单包装起来的一本册子。

"是以前的一本生日册,其中有你的名字——结婚前的名字——记得你以前告诉过我,那时你叫温尼弗雷·莫里森。"

"是的,完全正确。"

"你的名字就出现在这本生日册上,我想你看了一定会觉得很有意思,也许还有很多你以前朋友的名字,说不定它们会使你想起一些有趣的人和事。"

"你对我真是太好了。真希望能让我看看,年纪大了再看这种东西的确很有意思。你真是太体贴了。"

"有些褪色了,而且还有破损。"塔彭丝说着打开了包裹递了过去。

"是的,"格里芬夫人说,"我们小时候每个人都有生日册,之后就不常见了。这可能是最后一本。在我读的那所小学,每个女孩都有生日册。大家互相在生日册上写自己的名字。"

格里芬夫人从塔彭丝手上接过生日册,开始翻阅。

"哦,我的天哪,"她轻声道,"我好像又回到了过去。没错,那时的一切都历历在目。海伦·吉尔伯特——是的,是的,当然是她;还有戴茜·谢菲尔德。对了,我想起来了,她的牙上常戴着当时被称为矫齿器的东西。她常常把矫齿器拿下来,说她受不了。这是艾蒂·克罗恩。这是玛格丽特·狄克森,她们的字都写得非常好,比现在的孩子好多了。我侄子写的信我一个字都认不得。他们的字简直是象形文字,大部分都得靠猜。莫莉·肖特,这孩子有口吃——真是太好了,过去的事几乎全想起来了。"

"大部分都不在了吧,我是说——"塔彭丝觉得这种说法并不得体,于是便停下不说了。

"你觉得大部分人多半都已经死了。没错,的确如此。大多数都死了,不过有些还健在。她们中还有很多人好好的,只是不在这村里,以前认识的女孩子在结婚以后,几乎都到别的地方去了——跟服兵役的丈夫一起去外国,或者搬到别的镇子。我的两个老朋友都住在诺森伯兰,实在很有意思。"

"没有姓帕金森的了吗?"塔彭丝说,"我在生日册上没看到帕金森的名字。"

"的确没有。帕金森家住在这儿的年代更早。你想了解帕金森家的事情是不是?"

"是的,"塔彭丝说,"只是好奇,没有别的意思。我对——我对名叫亚历山大·帕金森的男孩子非常感兴趣。前几天,我在教堂的墓地散步,发现了他的墓碑,才知道他年纪很小就死了,这让我想了解他更多的事。"

"他很小的时候就死了,"格里芬夫人说,"所有人都为此难过。那孩子很聪明,家人都对他的前途相当看好。他不是生病死的,而是死于野餐中的食物——亨德森夫人是这样告诉我的。她记得许多帕金森家的事。"

"亨德森夫人?"塔彭丝抬起头。

"你一定不认识她,她进养老院了。养老院名叫'牧场边',离这儿约十二到十五英里。你可以去找她,她能说出许多你现在住的房子的事情。当时那房子叫'燕窝庄'。现在应该又改过名字了吧?"

"现在叫'月桂山庄'。"

"亨德森夫人比我大,是大户人家的小女儿,曾当过一阵家庭教师,后来又当上了'燕窝庄'即现在'月桂山庄'的主人贝丁菲尔德夫人的护士兼随从。她喜欢谈论往事。你一定要去看看她。"

"她肯定不喜欢有人——"

"我想她会高兴的。去见她吧,就说我让你去的。她记得我和我姐姐罗斯玛丽。我偶尔会去看看她。这几年我动不了了,渐渐和她失去了联系。另外,你还可以去看看亨利夫人。她住在——现在叫什么来着?——对,现在叫'苹果树公寓',那主要是给靠养老金生活的老年人居住的。虽然房间格局不好,但相当牢固。那里是小道消息的发源地!老人们很欢迎外人的来访。只要能排解寂寞,他们怎么都行。"

第三章 汤米和塔彭丝交换意见

"你看起来很疲惫,塔彭丝。"晚饭后汤米边说边往客厅走去。塔彭丝坐在椅子上,叹了好几口气,接着哈欠连连。

"岂止是疲惫,我都快散架了。"

"你做什么了?不会是在做园艺吧。"

"我不会在体力上过度劳累的,"塔彭丝冷冷地说,"和你一样,我也是用心在调查呢!"

"没错,用心想也很累人,"汤米说,"你都去哪儿调查了?在格里芬夫人那儿没听到什么重要的事情吧?"

"听到的消息可不少。她让我去找一些人,去找的第一个人知道的事情并不多。但无论如何,这种调查方法还是起了些效果。"

塔彭丝打开皮包,费了半天劲才从里头找出一个很大的笔记本。

"每次调查我都会记下一些事情,午餐菜单就是如此。"

"有什么收获?"

"谈了许多美食方面的事情。我指的是走访的第一个人。我寻访了好几个人,但名字几乎全都忘记了。"

"试着记住那些名字。"

"我没有像记录事实那样把她们的名字记下来。她们看到这份菜单非常兴奋,那是一顿非常特殊的晚餐,她们都对那顿饭记忆犹新——大家从没吃过如此精美的菜肴,她们还第一次吃到了龙虾色拉。这种饭菜只有在上流社会的家庭才能吃到,是她们这种人很难消费得起的。"

"呃,这个信息并没有太多价值。"汤米说。

"从某种意义上来说还是很有价值的,大家都记得那个晚上。我问她们为什么那个晚上的事至今令人难忘,她们说那晚进行了人口普查。"

"什么——人口普查?"

"汤米,你不会连人口普查都不知道吧?英国去年就进行过人口普查。不,那是前年的事。就是逐人探访,让人详细填表,并在表格上签名。要说出某个时间某幢房子里都有什么人住。比如说十一月十五日晚上你家有什么人?屋主填写或让相关的人签上自己的名字。我已经忘了到底是哪种形式了。总之,那天村里有人口普查,家里有哪些人都必须报告;与此同时,那天参加宴会的人也很多。这件事在宴会上成了话题,大家都认为这种普查非常荒谬。在人口普查中,是否有孩子、未婚生子这种非常个人的事都必须报上去,她们觉得这种做法非常可耻。大家必须在表上填写很多难以启齿的事,心情因此非常不好。所以,大家都很沮丧,她们不是沮丧人口普查本身,而是抱怨居然没有人反对这种调查。那天晚上的情况就是这样。"

"如果能知道人口普查的日期就好了。"汤米说。

"你是说可以查到人口普查的信息?"

"只要找到适当的人,我想很容易调查。"

"她们记得晚餐时谈论过玛丽·乔丹的事情。每个人都说她是个好女孩,都非常喜欢她。大家绝对不相信——想必你应该知道大家对她的评价了吧。后来又有人说,她有一半的德国血统,娶这样的人最好要多加注意。"

塔彭丝放下空咖啡杯,坐回到椅子上。

"调查有希望吗?"汤米问。

"没有,"塔彭丝说,"但不能说毫无希望。总之,老人们都知道那件事,也告诉了我不少事情。大多数人都从年长的亲友那里听过把东西藏在什么地方或是在什么地方找到东西的事。有人说到陶瓷花瓶里藏着的遗嘱,有人说到被称为牛津和剑桥的那两只小陶凳。但看起来都不太像我要找的东西。"

"可能谁家有还在上大学的侄子,把东西带去牛津和剑桥了吧?"汤米说。

"有可能,但可能性不大。"

"有人提到玛丽·乔丹这个名字了吗?"

"都是道听途说——没有任何人能肯定玛丽是个德国间谍,她们都是从祖母、婶婶、姐妹、兄弟或邻家大叔的海军朋友这些知道案件详情的人那儿听来的。"

"他们说到过玛丽·乔丹的死了吗?"

"他们认为她的死跟洋地黄与菠菜被混淆有关。他们说,除了玛丽之外,其他人都没事。"

"有趣,"汤米说,"结论一样,但说法不同。"

"说法可能太多了,"塔彭丝说,"一个叫贝茜的说:'我只听祖母说过这件事,案件发生时祖母还是个小女孩,所以细节上可能有误,她常常颠三倒四的。'汤米,每个人都有自己的说法,各种不同的说法都混在一起了。有间谍说,有野餐中毒说,不一而足。我没有获知确切的日期，这也难怪，谁家奶奶讲的故事有明确的日期啊。奶奶说：'我当时只有十六岁，真是太可怕了。'事实上，当时的岁数已经无法查证了。奶奶也许会把自己的年龄说成是九十岁。人一过八十，都想说得比实际年岁大。如果是七十岁，就会说还只有五十二岁。"

"'玛丽·乔丹'，"汤米引用这个名字时加重了语气，"'并非自然死亡'，他一定是有所怀疑才这么说的。他会这样告诉警察吗？"

"你是说亚历山大？"

"也许他说得太多了，所以必须死。"

"还是和亚历山大有关，是吗？"

"从墓地可以知道亚历山大去世的时间。但玛丽·乔丹——我们还不知道她的去世时间和死因。"

"我们终究会知道的，"汤米说，"你可以把已经知道的名字、日期和一些事情列成一张表。有时你会感到惊讶，从表上的一两个字眼里竟能发现这么多事情。"

"你好像有很多有用的朋友。"塔彭丝羡慕地说。

"你也有。"汤米说。

"我可没有。"

"你不是动员了很多人吗？"汤米说，"你带着生日册去见一位老夫人，又去养老院拜访。继而又知道了她们的奶奶、叔叔、阿姨、教父以及熟悉海军的大叔大爷讲述的事情，也许这其中就能碰到原海军上校讲述的间谍故事。只要能找到几个确切的日期，调查就能有些进展，我们也许能——谁说得准呢——找到些线索。"

"我在想那些他们所说的在上大学的是谁，就是在牛津或剑桥藏东西的人。"

"他们似乎和间谍活动关系不大。"

"也是啊。"塔彭丝说。

"还有医生和牧师们,"汤米说,"可以调查一下这些人。只是不知道能不能得到什么线索。真是希望渺茫。塔彭丝,这些天有人尝试着对你做过些什么吗?"

"你是说前两天有人想要我性命的事吗?不,没有。没有人邀请我去野餐,车子的刹车也没问题。盆景屋虽然有除草剂瓶,但盖子并没有打开。"

"那也许是伊萨克放的。哪天你拿着三明治去那儿时说不定会把它混进去。"

"太过分了,"塔彭丝说,"别说伊萨克的坏话。他已经是我最好的朋友了。这么一说倒让我觉得,我想到——"

"你想起什么了?"

"一下子又想不起来了,"塔彭丝眨着眼睛说,"说到伊萨克使我想起了一些事。"

"哦,天哪!"汤米叹了口气说。

"一个老妇人每晚都会把宝贝藏在手套里,"塔彭丝说,"我想那应该是耳环。她以为大家都想毒死她。另外,还有人说,一个人常把东西收在慈善箱里。你知道有一种为流浪汉募捐的陶瓷箱吧?上面贴了标签条。但这个箱子显然不是为流浪汉而设。她常放五镑纸币进去作为储备金,钱满了再马上拿走。然后她会另买个箱子,把原来的那个打破。"

"每次要放五英镑吧!"

"这是个存钱的好办法。我侄子埃姆林常说,"塔彭丝显然在引用谁的话,"'没人会偷流浪汉和慈善家。打破慈善箱的话,一定会被发现,是不是?'"

"在楼上房间整理书时,你有没有翻过略显沉闷的布道书?"

"没有,为什么要查那些书?"

"我只是觉得那里很好藏东西。那种神学方面的书最无聊了,把书掏空塞些东西很正常。"

"没有什么被掏空的书。要是有,我一定会注意到的。"

"你看过那些书吗?"

"当然没有。"

"没看过怎么能下定论呢?你一定把它们抛在一边啦。"

"我只记得《成功的王冠》那本书,"塔彭丝说,"有两个版本。但愿我们的努力也能收获到王冠。"

"似乎不太可能。谁杀害了玛丽·乔丹?有朝一日我们也许会写这样一本书。"

"找到凶手才能写。"塔彭丝阴郁地说。

第四章 修复玛蒂尔德的可能性

"你今天下午打算干什么,塔彭丝?能帮我继续罗列那些姓名、日期和事件吗?"

"我不想弄了,"塔彭丝说,"一条条写太累人了,而且我还时不时写错。"

"那我就不勉强你了,你确实已经犯了好几个错。"

"你比我细心得多,这有时让我很沮丧。"

"那你打算干什么呢?"

"舒舒服服打个盹。不,我还不想休息,"塔彭丝说,"我想去取玛蒂尔德肚子里的东西。"

"你说什么?"

"我说我要取玛蒂尔德肚子里的东西。"

"你究竟是怎么了?怎么这么暴力。"

"我说的是KK里的玛蒂尔德。"

"玛蒂尔德怎么会在KK里呢?"

"KK是那个放杂物的房间。玛蒂尔德是那匹肚子上有个洞的木马。"

"哦——因此你想去查玛蒂尔德的肚子是不是?"

"是的,你能帮忙吗?"

"算了吧。"

"你就帮帮忙嘛!"塔彭丝恳求道。

"只能勉为其难答应你了,"汤米深深地叹了口气说,"再说这比做一览表有趣。伊萨克在家吗?"

"今天下午他应该出去了。伊萨克最好不要在场。我想我已经从他那里得到我想要的信息了。"

"他知道的可不少,"汤米若有所思地说,"我以前就发现了。他告诉过我许多过去的事情,有的事甚至他自己都记不太清了。"

"他已经快八十了,"塔彭丝说,"这一点我很确定。"

"是的,但那的确是很久很久以前的事了。"

"人们总会听说不少事情,"塔彭丝说,"但你不可能知道他们道听途说的东西是不是真事。无论如何,还是先把玛蒂尔德肚子里的东西拿出来吧。最好先换换衣服。KK里到处是灰尘和蜘蛛网,还要去翻玛蒂尔德的肚子呢!"

"如果伊萨克在,就能把玛蒂尔德翻过来,这样检查肚子就方便多了。"

"听起来你上辈子好像是外科医生。"

"这跟外科医生的工作的确有点类似。我们现在就去取出可能危害玛蒂尔德生命的异物。要不先替玛蒂尔德化妆一下如何?这样,黛波拉的双胞胎儿女下次来的时候,兴许就有机会骑上一骑了。"

"我们孙子的玩具和礼物已经够多了。"

"这倒没关系,"塔彭丝说,"孩子们并不喜欢特别昂贵的礼物。他们喜欢珠串、拼布做的洋娃娃和心爱的熊宝宝,只要用炉边的地毡一卷,缝上黑鞋扣当眼睛就行。孩子们对玩具有他们自己的想法。"

"哦,好了,"汤米说,"去手术室找玛蒂尔德吧,现在就去。"

* * *

将玛蒂尔德摆成适合动手术的姿态非常不容易。玛蒂尔德很重,而且全身到处都是各种钉子,有的颠倒,有的尖头朝外。塔彭丝的手被划破了,汤米的套头毛衣被剐出一个口子。

"可恶的木马。"汤米骂道。

"早就该把它当柴火烧掉了。"塔彭丝说。

这时,伊萨克突然出现了。

"天哪!"他惊讶地叫道,"你们在这儿干什么?你们要对这匹腐坏的木马做什么?要我帮忙吗?你们打算怎么办?要把它搬出去吗?"

"用不着,"塔彭丝说,"我们只想让它翻过来,把手伸到洞里,掏出里面的东西。"

"你是说把里面的东西都掏出来吗?你们怎么突然想到要这么干呢?"

"是的,"塔彭丝说,"我们正是这个想法。"

"你觉得在里面能找到什么?"

"应该全是些垃圾,"汤米说,"但这样也好,"他的声音中有些怀疑,"至少能把这里稍稍清理一下,也许还能放些其他的东西——游艺设备、门球用品,诸如此类的。"

"以前这里有打门球的草坪,就在现在的玫瑰园那一带,不过场地并不是很大。但那是很多年很多年以前的事了,当时住在这里的还是福克纳夫人。"

"那是什么时候的事?"汤米问。

"你是说打门球的草坪吗?那是在我来这儿之前了。总有人想说些以前发生的事情——从前藏了些什么,什么人以及为了什么原因而隐藏等。虽然有许多传言,但其中的谎话也不少,当然也有真相。"

"伊萨克，你非常聪明，"塔彭丝说，"似乎什么都知道。你是怎么知道打门球草坪的事情的呢？"

"这里原本有个放门球用品的箱子，放了很多年，剩下的门球用品应该不多了。"

塔彭丝离开玛蒂尔德，朝放着细长形木箱的屋角走去。她费了好些力气打开紧闭的盖子，发现里面放着褪色的红球、蓝球和一根表面翘起的球槌，木箱里全是蜘蛛网。

"多半是福克纳夫人时代留下来的，据说福克纳夫人参加过门球比赛。"伊萨克说。

"在温布尔敦吗？"塔彭丝狐疑地说。

"不是温布尔敦，我想应该不是。就是地方性的，这村子以前常举行比赛。我曾在照相馆看过照片——"

"什么照相馆？"

"村里的达兰斯照相馆。你知道达兰斯吗？"

"哪个达兰斯？"塔彭丝努力进行回忆，"是那个卖底片之类东西的人吗？"

"是的。现在经营生意的早就不是老达兰斯了，是他的孙子或者重孙。现在那里主要卖些明信片，也卖圣诞卡和生日卡。以前还帮人照相，照片全都保存着。有一天，一个人到店里说要曾祖母的相片。她说她本来有一张，但不知是损坏、烧掉还是遗失了，希望店里还留有原版。我想应该没找到。但话说回来，店里确实藏了许多旧的照相本。"

"照相本吗？"塔彭丝若有所思地说。

"有没有其他要我帮忙的地方？"伊萨克问。

"帮我们摆弄下珍妮，或者说这个天知道叫什么名字的家伙。"

"不是珍妮,它叫玛蒂尔德——不是玛蒂尔达,按理说这样叫也没错。可不知怎么,以前都叫它玛蒂尔德。我想是种法国式的称呼。"

"法国式或是美国式,"汤米沉思地说,"玛蒂尔德、路易丝,这一类都是。"

"你觉得这是个藏东西的好地方吗?"塔彭丝把手臂伸入玛蒂尔德的肚子里。她先从里面取出了个旧皮球。球原本是艳红色的,现在已经开了个大口。

"是孩子们放的吧,他们常喜欢把东西放在这种地方。"

"孩子们看到洞就爱把东西往里放,"伊萨克说,"据说也有年轻人把信放在那里,代替邮筒使用。"

"信?寄给谁的信?"

"大概是某位少妇的吧,但那是我这代人以前的事了。"伊萨克的回答和平时一样。

"这种事总是发生在伊萨克那代人之前。"塔彭丝说。这时伊萨克已经把玛蒂尔德调整到了合适的位置。这时他借口必须关上温室的门,便离开了。

汤米脱掉夹克。

"真不敢相信,"塔彭丝从玛蒂尔德肚子上的大洞里移出已经被剐伤、沾满尘埃的手臂,微微地喘着气说,"里面能塞这么些东西,似乎还可以再塞。令人惊奇的是,没人想过要把这里面好好整理一下。"

"为什么要整理?为什么想到要去整理?"

"说的也是,"塔彭丝说,"想这么干的也只有我们了吧?"

"我们是因为没有更好的办法调查才来理这匹木马的,但我认为这么做应该没什么用。哟!"

"怎么回事?"

"我的手被什么东西钩住了。"

汤米把手臂抽出一点,调整好姿势,再伸进去查探。一条编织围巾出现了。这条围巾里显然住过不少蛾子,后来又住过些更加低等的生物。

"真是太恶心了。"汤米说。

塔彭丝把他推到一旁,自己靠在玛蒂尔德身上,把手臂伸进了它的肚子。

"小心钉子。"汤米说。

"这是什么?"塔彭丝问

塔彭丝把摸到的东西拿出来看,似乎是玩具马车或公共汽车的轮子。

"我觉得我们是在浪费时间。"塔彭丝说。

"我想是的。"汤米说

"也许我们能干得更好,"塔彭丝说,"天哪,我的手臂上有三只蜘蛛。也许马上还会有毛毛虫!我最讨厌毛毛虫了。"

"毛毛虫不会住在玛蒂尔德的肚子里,它们喜欢钻到地底下。我想它们不会把玛蒂尔德当成公寓。"

"就快掏空了,"塔彭丝说,"看,这是什么?看上去像块插针垫。这可真是奇妙,上面还插着针,不过都生锈了。"

"是哪个不喜欢缝纫的女孩塞的吧?"汤米说。

"这想法不错。"

"我刚才还摸到一本像书一样的东西。"

"也许会有用。在什么位置?"

"在盲肠或肝脏那一带。"汤米以专业医生的口气说,"右边的侧腹部。我想该开刀看看!"

"医生,尽管开吧。不管是不是书,最好先把它取出来。"

这本所谓的书早已名不符实了。书脊松垮,纸张变色,装订线都脱落了。

"像是本法语的小册子,"汤米说,"是本法语的童书,名为《小家教》。"

"原来是这样啊,"塔彭丝说,"一定是哪个孩子不想学法语,故意把书塞进了玛蒂尔德的肚子里。可怜的玛蒂尔德!"

"如果玛蒂尔德是站着的,把书塞进它的肚子一定很不简单。"

"对孩子来说应该很容易,他们的身高正好,只要屈膝钻到玛蒂尔德的肚子底下就行了。哟,这是什么啊,摸起来滑溜溜的,像块动物的皮。"

"真恶心,"汤米说,"可能是死兔子吧。"

"不是动物的毛皮,质地似乎没那么好。哎呀,又摸到颗钉子。这东西似乎挂在那颗钉子上,还有线和绳子。奇怪,怎么没腐烂呢?"

塔彭丝小心翼翼地把摸到的东西取了出来。

"是钱包,"塔彭丝说,"非常漂亮的皮革——曾经非常漂亮。"

"看看里面有什么。"

"一定有什么东西,"塔彭丝说,然后又满怀希望地补充了一句,"说不定有五英镑的钞票。"

"多半不能用了,纸是会腐烂的。"

"那可不一定,"塔彭丝说,"很多奇怪的东西都还能用,以前的五英镑纸质又非常好。虽然薄,却经久耐用。"

"可能是二十英镑,如果是的话就可以贴补家用了。"

"也许是伊萨克之前的那一代用过的钱,不然早就应该被他发现了。如果是一百英镑的纸币那该多好啊,真希望皮夹子里能找到块金币。以前,钱包里常有金币。玛丽亚姑婆就有个装满金币的大钱包,常拿给我们这些孩子看。她说是为法军来袭准备的钱——应该是法军。总之,是为非常时期或人生低谷准备的漂亮而厚重的金币。那时我常想,长大后要是有个装满金币的钱包那该多好啊。"

"谁会给你一个装满金币的钱包呢?"

"不是别人给我的,"塔彭丝说,"我觉得人长大了就有权拥有属于自己的东西。长大了就能穿斗篷——那是长大成人的标志。斗篷上围着长围巾,戴着无檐帽。长大后还能拥有塞满金币的大钱包,如果喜欢的孙子要回学校,还能用金币奖赏他呢。"

"如果是孙女呢?"

"她们可不会有什么金币,"塔彭丝说,"但有时会送我半张五英镑的钞票。"

"半张五英镑钞票?应该没什么用吧。"

"哪里,很有用!她把五镑钞票撕成两半,先送一半,然后用信寄来另一半。这样就没有人会偷了。"

"天哪,存钱的方法还真是多。"

"的确如此,"塔彭丝说,"看,那是什么?"

她开始翻检起钱包来。

"离开这里,"汤米说,"呼吸下外面的空气吧。"

他们走出KK,到外面更加清楚地看到了钱包的样子。这是个皮质很好的钱包,因为年代久远而有点僵硬,但一点都没有损坏。

"放在玛蒂尔德里是为了避开湿气，"塔彭丝说，"汤米，你知道我觉得它是什么吗？"

"不知道。是什么呢？"

"的确不是钱。"塔彭丝说，"我想是一封信。不知道现在还能不能看得清。年代过于久远，而且还褪了色。"

汤米小心翼翼地展开满是褶皱的黄色信纸。上面的字非常大，是用深蓝色墨水写的。

"见面地点改变，"汤米念道，"在肯辛顿花园的彼得·潘像旁。二十五日星期三，下午三时三十分。乔安娜。"

"我真的相信，"塔彭丝说，"我们确实能找到些东西。"

"你觉得这是一个要去伦敦的人接到的指示吗？要他带文件或计划书，在某个特定的日子，与某人在肯辛顿花园见面。你认为谁把这些东西从玛蒂尔德肚子里取出来，或是把它放进去的呢？"

"不可能是孩子，"塔彭丝说，"一定是某个住在这屋子里的人，因此可以不被注意地四处活动。也许是从海军的间谍那里拿到东西，然后再送往伦敦。"

塔彭丝用围在脖子上的围巾包起皮夹子，与汤米一起回到屋里。

"也许还有其他一些文件，"塔彭丝说，"但大部分都已经碳化了，一碰就会变成碎片。哎呀，这是什么？"

大厅桌上放了一个大包。阿尔伯特从餐厅里走了过来。

"夫人，这是送给您的，"他说，"今天早上送来的。"

"是什么啊？"塔彭丝拿起包裹。

塔彭丝和汤米一同走进客厅。塔彭丝解开绳子，打开包装纸。

"是照相本，"她说，"哦，还有张便笺。是格里芬夫人送的。"

亲爱的贝尔斯福德夫人，非常感谢您前几天送来的那本生日册。生日册使我想起了往昔的许多人，真是太开心了。人的忘性真是很大。常常想起名字而忘了姓，有时却又恰好相反。不久前，我偶然间找到了这本旧照相册。其实它不是我的，我想是我祖母的，里面贴了许多照片，我想其中有一两张帕金森家人的照片，我祖母认识帕金森家的人。我觉得你也许想看看，你好像对那幢房子的来历以及过去住在那儿的人很感兴趣。请不必特地前来送还给我，对我来说它没有任何意义。所有家庭都保存有上一辈或前一辈的东西。前几天，我去看了看楼顶阁楼旧衣橱的抽屉，意外地在那里发现了六个插针垫。已经相当旧了，也许有一个世纪那么久。我想多半不是我奶奶的，大约是她奶奶过圣诞送给女仆的礼物。是我祖母的祖母在促销时购买，准备第二年送人后遗留下来的礼品。自然，那些插针垫已经完全不能用了。想到前人多么浪费，有时还真是难过。

"是照相本，"塔彭丝说，"也许挺有趣的。我们来看看吧。"

他们在沙发上坐下。相册是以前的样式，大部分照片都已经褪色。不过塔彭丝还分辨得出和现在的花园比较一致的周边环境。

"看，那是智利松。看，后面就是那辆叫'真爱'的木轮车。这张照片一定已经很久了。木轮车上趴着一个有趣的小男孩。还有紫藤和蒲苇。当时一定在举行着茶会之类的活动。院子里的桌子旁围了很多人。照片上的每个人下面都写了名字，这个是梅贝尔。梅贝尔并不是很漂亮。你看那两个是谁?"

"查尔斯,"汤米说,"查尔斯和埃德蒙。查尔斯和埃德蒙似乎刚赛过网球。他们拿的网球拍非常怪异。这是威廉,照片上没有表明他是干什么的。哦,还有科尔特兹少校。"

"快来看——汤米,这就是玛丽啊!"

"是的,的确是玛丽·乔丹。照片下面写着名字。"

"很漂亮,真是非常漂亮。虽然色彩褪得厉害,底色也发了黄,不过——汤米,能见到玛丽·乔丹真是好极了。"

"这张照片是谁照的呢?"

"大概是伊萨克所说的照相馆,也就是村里的照相馆。他们那儿也许还有些老照片。我们可以抽个时间过去问一问。"

汤米把照相本放在一边,打开中午送来的信。

"有什么有趣的内容吗?"塔彭丝问,"有三封信。两封是账单。这封——这封有所不同。我在问你呢,信里有什么有趣的事吗?"

"也许算得上有趣,"汤米说,"总之我明天又要去伦敦了。"

"去你平时去的那个委员会吗?"

"不是,去拜访一个人。其实他不在伦敦,而是在伦敦郊区的哈罗一带。"

"什么事?"塔彭丝问,"你从没跟我说过。"

"去拜访一个名叫派克威上校的人。"

"这名字太奇怪了!"塔彭丝说。

"是有点奇怪。"

"你以前跟我提过这人吗?"

"也许提过一次。他住的地方常年烟雾缭绕。塔彭丝,有没有止咳药?"

"止咳药！我不知道。我想应该有。我有一大盒去年冬天留下来的止咳药，可你并没有咳嗽啊——至少我没看见。"

"现在是没有咳嗽，可见了派克威以后可能就会咳。到了那儿呛了一两声之后就会咳个不停。我有时会面对紧闭的窗户一再使眼色，但派克威就是完全不理解。"

"他为什么想见你？"

"我不知道，"汤米说，"只是信上谈到了罗宾逊。"

"是那个脸型方正，头发稀疏，总爱故弄玄虚的人吗？"

"没错，就是他。"

"也许我们在这儿遇到的也是件故弄玄虚的事情。"塔彭丝说。

"很难确定这个案子是否真实存在——即使发生过，也是很久很久以前的事了，甚至在伊萨克能记事以前。"

"现在的罪行都会蒙上过去的影子，"塔彭丝说，"我已经记不得这句话究竟是怎么说的了。是'现在的罪行都会蒙上过去的影子'还是'过去的罪行都会留下长长的阴影'。"

"我也记不得。"汤米说，"似乎都不对。"

"下午我要去找照相的人，你也一起吗？"

"我不去，我要去游泳。"汤米说。

"游泳？这天很冷啊。"

"没事。我想用冷水好好把身体洗一洗，把对蜘蛛网的那种厌恶感全都给洗掉。我总觉得耳朵和脖子上还有没弄干净的蜘蛛网，连脚趾缝儿里都有。"

"去好好洗干净吧，"塔彭丝说，"我要去见见那个叫达雷尔或达兰斯的。汤米，你是不是还有封信没拆？"

"是的，我还有封信没看。也许信上会有些有用的情报。"

"是谁寄来的？"

"是我的调查员，"汤米用略显夸张的声调说，"她跑遍全英国，进出索摩塞特大厦，调查死亡、结婚和出生等各种事项，查阅报纸和人口普查调查报告书。总之，她非常能干。"

"能干与美丽兼具吗？"

"没有漂亮到引人注目的程度。"汤米说。

"很高兴听你这么说，"塔彭丝说。"汤米，上了年纪以后，你可能会对美丽的助手怀有危险的想法。"

"你难道不知道自己有个忠诚的丈夫吗？"

"我的朋友都说，女人永远不可能真正认识自己的丈夫。"

"你交的全是狐朋狗友。"汤米说。

第五章 拜访派克威上校

汤米驾车穿过摄政公园,然后经过了几条多年没走过的路。这让他想起了以前住在柏尔塞斯公园附近的公寓时,和塔彭丝一起在楠树林散步的往事以及那条享受散步乐趣的爱犬。那是条非常任性的狗,一出公寓,就想左拐到楠树林里去。塔彭丝或汤米想让它跟他们去路右边的商店街,往往都是白费气力。詹姆斯是条性格顽固的英国狗,它喜欢把沉重的躯体躺在人行道上,伸出舌头,做出各种动作,好像被主人强迫做了不适当的运动而筋疲力尽,路过的人无不深表同情。

"哦,看那条可怜的小狗。就是那条毛发灰白的——看起来像根香肠一样瘦。可怜的狗,喘得非常厉害。主人不让它去想去的地方。那个小可怜看上去筋疲力尽,几乎要累死了。"

汤米从塔彭丝手上接过绳子,坚决地把詹姆斯拉向了和它希望相反的那个方向。

"汤米,你就不能把它抱起来吗?"塔彭丝问。

"什么,抱起来?它实在太重了。"

詹姆斯固执地扭动着,将它那香肠般的身体再度转向它想去的那个方向。

"可怜的小狗,它肯定是想回家了。"

詹姆斯用力地扯着绳子。

"算了。"塔彭丝说,"东西可以以后再买。真拿它没办法,就让詹姆斯到它想去的地方吧。它这么重,我们只能顺着它的意思。"

詹姆斯抬起头摇了摇尾巴。"本来就应该听我的嘛,"摇动的尾巴仿佛在说,"你们终于知道该干什么了。走吧,去楠树林吧!"

汤米按地址找到了地方。上次跟派克威上校见面是在布鲁姆斯伯利一个烟雾缭绕的小房间。眼前就是他要找的地方,小屋很普通,面对着石楠树林,离济慈的诞生地不远。看上去实在是平淡无奇。

汤米按下门铃。一个让汤米想起巫婆的老妇人走了出来。她尖鼻子,尖下巴,用满怀敌意的目光看着汤米。

"能让我见见派克威上校吗?"

"我不知道,"巫婆说,"您是哪位?"

"我叫贝尔斯福德。"

"那就能见了,他说过你要来。"

"车子可以停在外面吗?"

"停一会儿没关系。警察不怎么来这条街。这一带没有黄线。只是为了防止意外,你最好把车给锁上。"

汤米接受了忠告,然后跟着老妇人进屋。

"这里只有两层楼。"她说。

楼梯才走到中段,汤米就闻到一股浓烈的烟草味。老妇人轻轻敲门,把脸探进房间,"这位是你要见的先生,他说你在等他。"老妇人避到一旁,把汤米让进令人难忘而且势必被呛得咳个不停的烟雾中。除了烟、雾和尼古丁味道之外,汤米对派克威上校本人的印象已经很模糊了。烟雾中一个年纪非常大的老人靠在安乐椅上——安乐椅有些破损,两边的扶手上都有破洞。老人听见有人进门,若有所思地抬起了头。

"柯普斯夫人,拜托把门关上,"他说,"别让冷空气流进来,好吗?"

汤米心想,能这样当然也可以,这是何苦呢?吸进废气死亡的可是我啊!

"托马斯·贝尔斯福德,"派克威上校感慨万千地说,"我们有多少年没见面了啊?"

汤米没有做过准确的计算。

"很久以前,"派克威上校说,"你曾跟一个什么人来过这里,是不是?我也懒得记名字了,反正每个名字都一样。玫瑰即使叫别的名字也一样芳香。这是朱丽叶说的,是吗?莎士比亚常让作品中的人物说些蠢话。当然,这也难怪,他是诗人嘛。我不喜欢《罗密欧与朱丽叶》,为爱而自杀,这种例子太多了,现在依然还有很多。小伙子,你快坐吧。"

汤米对自己被称为"小伙子"略感惊讶,但他还是应邀坐下了。

"抱歉。"他说着开始挪开唯一能坐的椅子上堆积如山的书。

"不用费事,就扔地板上吧。我正在查些资料。能见到你,真是很高兴。你的外表虽然比实际年龄看上去略微大了点,总体却相当健康。你没有动脉血栓吧?"

"没有。"汤米说。

"啊,那太好了。太多的人得了心脏病、高血压——各种各样的病。都是操劳过度造成的。那些人总爱东奔西跑,遇到人就说自己有多忙,似乎缺了他就不行,显得自己多么重要。你也有这种感觉吗?我想你应该有。"

"没有,"汤米说,"我不觉得自己很重要。我认为——我认为自己真的在享受闲散的生活。"

"这样想真是太好了。可麻烦的是,即使想闲下来,周围依然有许多人不让你安宁。你为什么要搬到现在住的地方?我忘记你现在的地址了,再告诉我一次好吗?"

汤米说出自己的住址。

"对,我在信封上写了。"

"我接到您的信了。"

"我知道你见过罗宾逊。他仍然干劲十足,而且和以前一样脸庞方正,头发稀疏,甚至比以前更有钱。这种事他很在行,我是说他懂得怎么去赚钱。孩子,你去找他干什么了?"

"我买了幢新房子。我和妻子住进去后觉得这房子里存在着什么谜团,这谜团可以追溯到很久以前。我们的朋友告诉我,罗宾逊先生或许可以解开这个谜团。"

"我想起你夫人来了。虽然未能有幸和她见面,但想必她一定是个非常聪明的人。她那时可真活跃,那是什么案子?听来像你问我答中的'N 或 M',我记错了吗?"

"你没记错。"汤米说。

"现在你们又在干同样的事吗?或者心里有疑问,对吗?"

"你完全弄错了,"汤米说,"我们搬家,只是因为我们住腻了公寓,而且房租一天天在上涨。"

"真卑鄙,"派克威上校说,"近来的房东都是这样不知满足。真是应了《蚂蟥有两个女儿》里的故事——蚂蟥的儿子本性也不怎么好。这么说,你们已经搬到那边去住了,是不是?'人必须开辟自己的园地',"派克威上校没头没脑地插入进一句法语,"复习一下,不然就忘了,"他解释道,"今后必须与欧洲共同市场好好相处，不是吗？顺便提一句，共同市场可是常有令人惊诧的行动呢！告诉你，都是在私底下鬼鬼祟祟干的。言归正传，你们搬到了'燕窝庄'，是吗？我很想知道你们搬去那里的理由。"

"现在那儿叫'月桂山庄'了。"汤米说。

"无聊的名字，"派克威上校说，"过去这种名字非常流行。记得在我还是个孩子的时候，近邻都有维多利亚式的宽阔车道直抵屋前。车道按标准规格铺上沙石，两侧种上月桂树，有时是绿色的月桂树，有时是各种颜色交杂的月桂树。看上去非常华丽。'月桂山庄'一定是以前的住家起的，一代代传下来了，我没说错吧？"

"没错，应该是这样，"汤米说，"但不是我们搬来之前居住在那里的人家。他们似乎称其为'加德满都'，一个他们以前去过并由衷喜爱的外国首都。"

"是的。'燕窝庄'就更久远了。但有时也必须回到过去。事实上，我要告诉你的正是这点：要回到过去。"

"你知道我住的地方吗？"

"你是指又名'月桂山庄'的'燕窝庄'吗？不，我没去过那个地方。但那房子曾因某个案子而名声大噪，它和某个特定的时代紧密相连，一个在我国历史上非常焦灼的时代。"

"据说你曾得到过与玛丽·乔丹有关的相关情报，甚至和她认识。罗宾逊先生告诉我们的。"

"你想知道她是什么模样吗？到壁炉架那边看，左边是她的照片。"

汤米站起身，从壁炉架上取下照片，是张非常古旧的照片。一个头戴宽檐儿帽的女孩，头上插了一束玫瑰。

"现在看来很土吧？"派克威上校说，"不过相当漂亮。很不幸，她年纪轻轻就死了，真让人痛心。"

"我对她一无所知。"汤米说。

"说的也是，现在没一个人知道。"

"当地有种说法，说玛丽是个德国间谍，"汤米说，"据罗宾逊先生说，这个说法并不准确。"

"这个说法的确不准确。她是我们的人，而且干得不错。但是暴露了。"

"是帕金森家住在那里的时候吧。"

"也许是的，但详情就不知道了，现在没人知道。事实上，我没直接参与。这件事一定会被重新提起的。麻烦从前就有，任何一个国家都有。往前一百年也一样。回溯到十字军时代你会发现，每个人都义愤填膺，准备踏上解救耶路撒冷之路，国内到处都有人揭竿而起，瓦特·泰勒是其中比较出名的，不出名的就更多了。世上哪能没有麻烦啊？"

"你是说现在也有特殊的麻烦吗？"

"当然有，其实任何时候都有。"

"什么样的麻烦？"

"我不知道，"派克威上校说，"他们甚至到像我这样的老朽家里询问，要我说点什么，问我对过去的什么什么人有没有印象。我能记起来的不多，只是对一两个人略有所知。有时你会审视过去。仔细审视后，你就知道过去事件的真相了。你会知道人们怀揣着什么秘密，他们知道什么，隐藏了些什么，他们制造出的假象和事实真相又是些什么。你以前干得很不错，和你夫人在不同时期做过许多独到的调查。这次你们又准备继续了吗？"

"我可说不准，"汤米说，"在你看来，我这样的老家伙还能成就一番事业吗？"

"依我看，你似乎比同龄人强壮得多，甚至比年轻人还要强壮。而且你夫人很善于发掘秘密，如同一条善于挖掘的猎犬。"

汤米禁不住笑出了声。

"叫我来到底有什么事？"汤米问，"要是可能的话，我当然很乐意做些事情。如果——我是说如果你认为有这个可能的话。但我真不知道。没有人告诉我任何事。"

"没有人会告诉你的。"派克威上校说，"我想他们也不希望我告诉你任何事情。罗宾逊也没对你说多少吧。那大胖子嘴紧得很。告诉你一个事实。这个世界就是这样——其实任何时代都一样。暴力、欺骗、物质主义、年轻人的反抗、与希特勒年轻时代不相上下的野蛮爱好、难以容忍的恶趣味，这些全都存在。不仅我国，任何一个国家都有麻烦，要铲除这类麻烦的病根极其不易。欧洲共同市场不错，这才是我们需要和希望的，但必须是真正的共同市场。对我们要达到的目的必须真正了解清楚；必须成为联合的欧洲，必须是文明国家的联合体。这些文明国家需要有文明的思想、开明的信念和原则。在其中首当其冲的是，如果有错误，就必须知道造成这一错误的根源。那个头发稀疏的家伙拿手的正是这一点。"

"你是说罗宾逊先生吗？"

"是的，我说的正是罗宾逊先生。以前他们要给他爵位，没想到被他拒绝了。从这件事不难看出他的本性。"

"我猜想，"汤米说，"他的出发点是钱吧。"

"不错，他不是物质至上的人，但很了解钱，他知道钱从哪里来，又到哪里去；他知道钱为什么会流动，知道事件的幕后操纵者；他应该还知道站在银行和大企业背后的人，知道谁该对哪些事负责。他知道毒品会带来大笔的金钱，知道如何将毒品分送到世界各处。说到金钱，并不是为了买幢大房子或两辆劳斯莱斯，而是为了生出更多的钱，根除古老的诚实和公平的信念。世人不会要求一律平等。但是会要求以强扶弱，让富人支援穷人，要求值得尊重的善良和诚实。钱是万物的主宰！现在的社会，任何事都离不开钱。钱发挥的作用是什么？它们流向了何处？钱能支撑什么？它们又隐藏到了何种程度？以前有些兼具智慧和权势的名人，他们靠权力和智慧得到了许多财富，但这些活动有一部分是秘不可宣的。我们必须得把他们的秘密挖出来。我们要探查出这些秘密传给了谁，谁又在负责这些事情。'燕窝庄'是其中的一个典范，按我的话来讲，是个邪恶的典范。霍洛圭后来又发生过一些别的事情。你记得乔纳森·凯恩这个人吗？"

"完全记不得了。"

"据说乔纳森·凯恩曾经在一个时期受人敬重——后来却以法西斯分子而闻名。当时，人们还不知道希特勒及其党徒会变成怎么样。那时我们以为法西斯也许抱有改良世界的杰出想法。乔纳森·凯恩也有追随者，而且为数甚多。年轻人中的信徒不少。他有计划，有权力，知道很多人的秘密。他拥有带给他权力的知识，做过许多勒索的事情。我们很想知道他所掌握的情报，做过哪些事。他把他的计划和信徒都留给了后世。受他思想熏陶的年轻人可能还支持着他的思想。

"世世代代都会有秘密，许多秘密都非常值钱。我无法告诉你准确的事实，因为我并不能保证自己知道的事情都准确无误。我面对的问题是，没有人真正了解我想知道的事情。我们常以为自己知道体验过的每一件事。战争、混乱、和平、新生的政体。每个人都以为自己很了解。但我们真的知道吗？知道细菌战和毒气造成空气污染的原因吗？化学家、医生、情报机构、海军空军都有各自的秘密——各种各样的秘密。不仅是现在的秘密,也有过去的秘密;有些秘密原本会公之于众,但最终还是没能公布。没办法,时机还没到。但秘密已经被写在纸上或文件上,或者委托给了什么人,由这人传给儿子,再传给孙子,代代相传;或者写成文件或遗嘱,寄放在律师那里,等时机到了再发表。

"有些人不知道自己手上拿着的是什么,有些人在不经意之间把它当垃圾给毁掉了。但我们必须尽力查明,因为事情在任何时候都有可能发生。在不同的国家和不同的地方都会发生。在战争中的越南,在游击战的战场上,在约旦、以色列,甚至在与战火无关的瑞典和瑞士都会发生——任何地方都一样。我们常想抓住线索,这些线索一部分存在于过去。如果无法回忆过去,就必须到医生那里,对他说:'请将我催眠,让我看看一九一四年发生了什么。'或者一九一八年,甚或更早以前的一八九〇年。一些事情已经计划妥当,一些则尚未完全开展。想法非常重要,历来都是如此。回溯过去,中世纪的人已经想到过飞行。古埃及人似乎已经有了些构想,这些构想尚未成型就停止了。如果这些构想继续下去,或者被有才能和手段、可使其继续发展的人所取得,就可能会成就一些事情——好的坏的都有可能。最近,我们已经感觉到,过去发明的一些东西——例如细菌战——若没有秘密的发展阶段,就根本难以解释。这个发展阶段看似微不足道,其实却非常重要。发明者再往前推动一步,就可能创造出带来可怕结果的事物,比如说把好人变成魔鬼。如果追问这一切是为了什么,理由都一样,是为了钱和钱可以购买的东西。为了可以用钱换来的权力。贝尔斯福德,你觉得我的这番陈述怎么样?"

"听来叫人毛骨悚然。"汤米说。

"不错,确实叫人毛骨悚然。你觉得我在说胡话是吗?认为这只是老年人的妄想吗?"

"不,"汤米说,"我认为你是一个明白事理的人,你一向都是个明白事理的人。"

"因此大家才这样依赖我,不是吗?虽然抱怨烟雾缭绕,可还是来找我。但在那个时候——法兰克福团伙案的时候——我们设法进行了阻止。我们通过找到案件的幕后人进行了阻止。这回可能有人——不是一个人——而是好几个隐藏在幕后的人。虽然不知道是些什么人,但即使不知道,也大致可以推测事情的经过。"

"我明白,"汤米说,"我多少能明白大致的情况。"

"真的吗?不觉得荒唐吗?不认为有点像空想吗?"

"即使有点像空想,也不能说完全不切实际。在相当长的人生旅程中,我已经领会到了这一点。叫人怀疑的事往往是真的,令人难以相信的事也可能是真的。但必须向你澄清的是,我不是那种能够解密的人,我没有相关的科学知识,只是个安全人员罢了。"

"你是一个能挖掘出真相的人,"派克威上校说,"你和你的妻子都是这一类人。她鼻子很灵,喜欢到处打探。你和她一起能查出不少事。女人们都是这样,她们一定要打探出秘密才肯罢休。要是年轻貌美,就会像大利拉那样不可依靠。如果年纪大了——比如说我那个年老的婶婶,没有任何秘密能逃得过她的眼线,她能轻易地发掘出事实的真相。这次事件也跟钱有关。罗宾逊知道这点,他懂得金钱。他知道钱流向何方,为什么流动,钱来自哪里又去向何处,这些钱能起到什么样的作用,以及其他所有一切。像医生诊脉一样,罗宾逊对金钱无所不知。罗宾逊懂得金钱主人的心态;知道钱的源头在哪里;什么人为了什么而用钱，又是如何用钱的。我想把这件事委托给你，因为你们的地位正巧合适。你们极其偶然、而不是事出有因地到了那个地方。在别人看来，你们只是一对过着退休生活的平凡夫妇而已。你们刚好找到幢房子可以共度余生，却偏巧意识到了这幢房子的秘密。你们的好奇心又特别强，喜欢四处打探以找出秘密。有朝一日，你们终将会有所发现。四处走走，我希望你们做的只有这一点。去探查一下，看看过去都发生过哪些好事情和哪些坏事情。"

"与潜水艇设计图相关的海军丑闻仍然甚嚣尘上，"汤米说，"现在还有人谈论这件事。但真正了解事实的却一个都没有。"

"没错，可以从这方面着手。案件发生时，乔纳森·凯恩就住在那个村子里。他在海边有一间小屋，在那一带开展活动。他有很多门徒，这些门徒认为他是一个了不起的人，乔纳森·凯恩应该被拼成 K－a－n－e。但我不想这样拼，我把它拼成'C－a－i－n（该隐）。这样更能显示他的本质。他鼓吹破坏，而且最终离开了英国。据说，他经过意大利到了更远的国家。我不知道其中有多少是传言。据说他到了苏联、冰岛，甚至到过美洲大陆。他去了哪里，在那儿干吗，有谁同行，谁还跟随他，这些我们都不知道。但在我们看来，他即使不为人称道，却也知道些事情；他深受邻居欢迎，请他们吃午饭，也应邀去别人家吃午饭。我有件事想提醒你：必须小心一点。能探查出点什么当然很好，但你们两人必须非常小心谨慎。小心为上——令夫人是叫布鲁登丝吧？"

"从来没人叫她布鲁登丝，她叫塔彭丝。"汤米说。

"那就照顾好塔彭丝，也让塔彭丝照顾好你。对饮料食物、外出的地方以及和你们亲近的人都要多加注意，问问自己那些和你们亲近的人到底居心何在。你们终究会找到线索的，其中会有些看似奇怪或根本没用的线索。你们也许能从过去发生的一些事情中查出些事实，一些人可能是涉案人的子孙或亲戚，也许还认识过去的一些人。"

"我会尽力而为。"汤米说，"我和我夫人都会尽全力。不过，我觉得我们可能不会进行得很顺利，我们太老了，情形又知道得不是很清楚。"

"你们一定有自己的想法。"

"是的。塔彭丝就有。她觉得我们的房子里可能藏了些什么东西。"

"有这个可能。以前也有人这样想过。迄今为止，没有人找到过什么，他们并没有用心去查。这么多年以来，房子的名称改过多次，屋主也来来往往换了好几拨。先是雷斯特兰吉家，接着是莫尔蒂莫家和帕金森家。除了一个男孩子外，帕金森家和那幢房子的秘密牵涉不多。"

"是亚历山大·帕金森吗？"

"正是，你是怎么发现的？"

"他在罗伯特·路易斯·史蒂文森的书中留下了信息，'玛丽·乔丹并非自然死亡。'我们发现了这条信息。"

"每个人都被自己的命运勒住了脖子——有这么一句谚语，对吗？继续走下去吧，走过命运之门。"

第六章 命运之门

达兰斯先生的店铺位于"月桂山庄"通往村庄的路上。店铺在街道的一角，橱窗里挂了些照片：两张结婚庆典照；一个没穿衣服的婴儿在毯子上的踢腿照；一两个留着胡子的年轻人挽着他们女朋友的照片。没有哪张拍得很好，其中一些照片已经印上了岁月的痕迹。店里有许多明信片，贺卡则按"给丈夫"、"给爱妻"放在特别的架子上，还有几种祝福新生儿的贺卡。除此以外，另有一些便宜的钱包、文具和有花纹的信封。架子上还有几盒印着花纹的小盒便条纸。

塔彭丝在店里随意闲逛，听着客人和店家对某款照相机的批评和评价，等待说话的机会。

一个头发灰白、长着双鲸鱼眼的老夫人和店家纠缠了很久。总算平静下来以后，一个留着淡黄色长发，胡须稀疏，看上去像铺面主管的年轻人沿着柜台朝塔彭丝走过来，一脸狐疑地看着塔彭丝。

"有什么需要帮忙的吗？"

"是的，"塔彭丝说，"我想问问影集的事情。"

"啊，是放照片的相册吗？这里有一两本，市面上已经很难见了。我是说，现在大家都喜欢把照片做成投影的幻灯片。"

"我知道，"塔彭丝说，"只是我在收集影集，就像这种。"

说着塔彭丝像魔术师一样拿出前几天收到的相簿。

"这是很久以前的了,"达兰斯先生说,"至少有五十年了。那时有许多这种东西,每个家庭都有自己的影集。"

"也有生日册吗?"塔彭丝问。

"生日册——是的,我记得。我奶奶也有本生日册,上面写了很多人的名字。我们店里现在还有生日卡,但很难卖出去。情人节和圣诞节的卡片销路就大多了。"

"我不知道你这儿有没有老的影集,现在用影集的人毕竟已经不多了。对我这个收藏者来说,它们却很有意思的。我喜欢收集各种各样的老照片。"

"现在人们都爱收集点什么,"达兰斯说,"有些收集的东西说了你都不相信。但我这儿没有比你这本更老的影集了,不过我可以再找找看。"

达兰斯先生绕到柜台后面,打开靠着墙的抽屉。

"塞了很多东西,"他说,"我有时想整理一下,但不知道是否能卖出去。这里有许多婚礼的照片,都是结婚当天拍下的。刚结婚那阵,人人都想看照片。可日子一久,就没人愿意看了。"

"你是不是想说,从来没人来这儿找你说:'我奶奶在这儿结婚,不知道这里有没有我奶奶婚礼上的照片。'是这样的吗?"

"是没见过这种人,"达兰斯说,"但有时会有人来这儿找奇奇怪怪的东西。有人会来问:'有我孩子小时候的照片吗?'做妈妈的就是这样,她们想要孩子们儿时的照片,只是这些照片看上去不怎么样。警察有时也会来,他们想辨认一些人,一些孩提时代住这儿的人。他们要看罪犯的长相——至少是小时候的样子。他们想知道现在想要找的人和小时候还像不像,他们找的人往往犯下了谋杀或敲诈的罪行。这种事有时真让人激动。"达兰斯露出快乐的微笑。

"你对犯罪好像很有兴趣。"塔彭丝说。

"这类事情每天都可以在报上看到,比如某人半年前为什么要杀害妻子。很有趣,是不是?有人说那个被杀的夫人其实还活着;还有人说,他把妻子埋在什么地方,至今还没被发现。有一张这人的照片可能会有用处。"

"没错。"塔彭丝说。

尽管两人相谈甚欢,但塔彭丝觉得没有一点用处。

"你大概没有玛丽·乔丹的照片吧?那是很久以前的事了,大约有六十年了,她是在村里死的。"

"这么说来,是在我没出生以前的事了?爸爸收藏了许多照片,大家都叫他'收藏家',不管什么东西,他都舍不得丢弃。认识的人他都记得,尤其是有故事的人。我对玛丽·乔丹依稀有点记忆,跟海军有关是不是?是潜水艇吗?据说她是间谍,是不是这样?有一半的外国血统,母亲是苏联人或德国人——也可能是日本人。"

"是的,我想知道你这里有没有她的照片。"

"我想应该没有,有空再找找看。找到什么再通知你,行吗?你是个作家吧?"达兰斯问。

"业余时间写点东西而已,"塔彭丝说,"我很想出一本小书,依时间顺序记录百年前到现在发生的事。这些年发生过许多包含探险和犯罪的奇事。另外,那些老照片也很有意思,用它们做插图,书一定会更吸引人。"

"我愿意尽一切努力来帮助你。很有趣,我觉得你做的工作非常有趣。"

"这里以前有家姓帕金森的人,"塔彭丝说,"他们以前就住在我们现在的房子里。"

"是山上的那幢房子吧？叫'月桂山庄'还是'加德满都'的——我不知道最近又改成了什么。以前曾被称为'燕窝庄'吧？不知道为什么要这样称呼。"

"大概是屋檐下有许多燕子窝，"塔彭丝推测道，"现在也还有。"

"也许吧，但以此命名可真少见。"

尽管没有太多收获，但塔彭丝依然为自己认识了达兰斯先生感到满意。她买了些明信片和有花纹的笔记本，然后与达兰斯先生告别。她回到家，顺着车道向屋里走，不过中途改变了主意，绕向屋后的小径。她想再看一眼KK。走到门边，她突然停下脚步，门边突然出现了一捆像布一样的东西。她继续朝前走，心想这大概是上次从玛蒂尔德肚里取出来，还没来得及查看的东西吧。

她加快步伐，向前奔去。她在门旁停住脚步，不是什么旧衣服的包裹！衣服确实已旧，却穿在人身上！塔彭丝弯下腰，然后重新又站起来，用门把手支撑住身体。

"伊萨克！"她悲伤地喊着，"伊萨克。可怜的老伊萨克。我想——我想他一定已经死了。"

听到她的喊声，有人三步并作两步从屋子旁边的小径朝她跑来。

"阿尔伯特，可怜的阿尔伯特，发生可怕的事了。老伊萨克倒地而死。我想——我想他是被谋杀的。"

第七章 侦讯

法医作出鉴定。两个路过的人也已给出旁证。伊萨克的家人说他的健康状态还很好。有可能对他怀恨在心的人（一两个二十岁左右的年轻人以前因擅入民宅受到过他的斥责）受到了警方询问，但都声称自己是清白的。雇用过他的雇主也有所陈述，包括最后雇他的塔彭丝·贝尔斯福德夫人和她的丈夫托马斯·贝尔斯福德先生。法医学鉴定和周边调查结束以后，警察作出判断：他是被不明身份的人谋杀的。

塔彭丝从讯问室走出。汤米一边安慰着她，一边从审讯室外等待被调查的人面前经过。

"塔彭丝，你表现得很好。"汤米说。他们穿过院门，向屋子走去。汤米接着说："真的非常好，比其他人好多了。陈述的内容明确，吐字又很清晰，验尸官对你似乎非常满意。"

"我不要任何人对我满意，"塔彭丝说，"我不想老伊萨克头部遭受重击致死。"

"是对他怀恨在心的人干的吧？"汤米说。

"为什么恨他？"塔彭丝问。

"我不知道。"

"我也不知道。我只是在想这会不会跟我们有关。"

"你是说——塔彭丝，你这是什么意思？"

"你肯定知道我的意思,"塔彭丝说,"是因为这里——我是说这幢房子,我们可爱的新房子,以及附带的花园什么的。这里似乎不适合我们住,不是吗?原本我们还以为这是个颐享天年的好地方呢。"

"我现在仍然觉得这是个颐享天年的好地方。"

"是的,"塔彭丝说,"你总是比我抱有更多的希望。我觉得——觉得这里似乎有很多东西不太对,一些来自过去的东西。"

"不要再说啦!"汤米说。

"再说什么?"

"就是那几个字。"

塔彭丝降低声调,靠近汤米,轻声问:

"你是说玛丽·乔丹吗?"

"是的。这个名字一直在我的脑海中,怎么都摆脱不了。"

"我也一样。但是我想问,那事和现在有什么关系呢?过去发生的事情怎么还会有如此大的影响呢?"塔彭丝说,"应该没什么关系了吧?"

"过去和现在没多大关系了——你是想这样说吗?但就是有关系,"汤米说,"在我们意想不到的地方一定存在着某种关系。我是说,没人想到还会发生这种事。"

"你是说,现在发生的许多事其实都发端于过去吗?"

"是的,就像长长的珠串,就是那种用线把珠子串起来、中间有间隔的装饰品。"

"和珍妮·芬恩事件差不多。那时我们年轻爱冒险,所以一举破获了芬恩的那起事件。"

"那次我们真的冒了很多险,"汤米说,"有时回头想想,根本不知道我们是如何脱险的。"

"还有其他一些事,比如我们联手假扮私家侦探的那一次。"

"那回可真是有趣,"汤米说,"你还记得——"

"别,"塔彭丝说,"我已经不想回忆过去了。我不想再去回忆——除非能把过去作为一块垫脚石。不管这么说,那给了我们一次宝贵的练习机会,因此才有了后面那个案子。"

"哦,"汤米说,"你是说布伦金索普夫人的那个案子吧?"

塔彭丝笑了。

"是的,是布伦金索普夫人。我绝不会忘了走进房间看见你坐在那儿的情景。"

"塔彭丝,你的胆子可真大。你竟敢钻进衣橱,偷听我和那位先生的谈话。接着你又——"

"布伦金索普夫人的案子之后,"塔彭丝又笑着说,"又是'N 或 M'和呆头鹅的案子。"

"你不会觉得——"汤米迟疑地说,"你不会觉得那些案子都是这次事件的垫脚石吧?"

"从某种意义上来说是的,"塔彭丝说,"我是说,如果罗宾逊先生不知道我们的那些往事,他绝对不会把这次的事托付给你。当然,他也很清楚我在那些案子中的作用。"

"你在那些案子中起着举足轻重的作用。"

"但现在情形完全变了,"塔彭丝说,"我是说伊萨克的死。他被凶残地殴打头部,而且就死在我们家门口。"

"你不会以为这件事与——"

"我就是这样认为的,"塔彭丝说,"事态的发展让人不得不这么想。我们不单单是在调查一起普通的罪案,而且要探明过去发生的事,调查那些人过去是因为什么而死。这已经变成了个人的问题,我们个人的问题。伊萨克的死使这整件事跟我们有关了。"

"伊萨克年纪大了,他的死很可能和年纪有关。"

"今天早晨的鉴定报告出来以后,我们就不能这样认为了。他是被谋杀的。但这是为什么呢?"

"如果伊萨克的死和我们有关,那为什么不杀我们呢?"汤米问。

"也许凶手也打算杀了我们,可能伊萨克告诉了我们一些事情,也许还想告诉我们更多。也许说了会威胁到某些人的消息,比如说认识的哪个女孩或帕金森家的某一个人。也许他知道一九一四年大战时的间谍活动或出售的某些机密。因此,封住伊萨克的嘴就很有必要了。如果我们不搬来,不到处寻访,这种事多半就不会发生了!"

"别那么冲动。"

"我就是要冲动。现在,我已经不是为了兴趣在查案了,这已经不再是兴趣。汤米,我们必须换一种做法。我们必须找出这个凶手!但这个凶手是谁呢?现在我们当然不知道,但肯定可以查出来。这已经不再是过去的案子了,而是发生在我们眼前的案子,就发生在五六天之前。就是现在,就在这里,而且和我们以及我们所住的这幢房子有关。以前我们曾经侦破过许多案件,这次也一定要成功破案。现在还不知道要用上什么方法和手段,但我们总得找出线索追究下去。像狗那样用鼻子四处追寻。我在村里搜寻线索,你必须像猎犬一样四处游荡,到不同的地方搜集线索,和现在一样打听各种事情。把你的调查做好。一定有人知道些什么,即使不是第一手消息,也一定会有旁人告诉他们——家长里短、流言蜚语之类的。"

"塔彭丝,你真觉得我们有机会——"

"是的,"塔彭丝说,"虽然不知道该怎么办,但我认为只要有了坚实有说服力的信念,我们认为的罪行和邪恶就会现出原形。打破伊萨克的头就是罪行,就是邪恶——"塔彭丝停下来不再说话了。

"可以继续变更庄名。"汤米说。

"什么意思?不用'月桂山庄',而改用'燕窝庄'吗?"

鸟群从头上飞过,塔彭丝回头看向院子的大门。"'燕窝庄'曾经是这里的名字。那句引用的其他部分是什么?就是调查员引用的那句——是死亡之门吗?"

"不,是命运之门。"

"命运之门,简直像是在说伊萨克的事情——对他而言,命运之门就是我们家花园的那扇门——"

"塔彭丝,别这么忧虑。"

"不知道为什么,"塔彭丝说,"我突然间冒出了一个想法。"

汤米疑惑地看了看他,莫名其妙地摇了摇脑袋。

"'燕窝庄'是个好名字,"塔彭丝说,"至少在过去是,将来的某一天也许还会是个好名字。"

"塔彭丝,你的想法总是很特别。"

"像是鸟叫的声音。燕子窝从鸟叫中开始,在鸟叫中结束。这次的事件很可能以同样一种方式而告终。"

走到房子附近时,汤米和塔彭丝看到一个女人站在门前台阶上。

"那是谁啊?"汤米问。

"我以前见过这个人,"塔彭丝说,"但一时记不起她是谁了。哦,我想应该是老伊萨克的家人,老伊萨克全家都住在一个农庄里。有三四个男孩和一个女人,另外还有个女孩,当然我可能记错了。"

台阶上的女人转身向他们俩走来。

"是贝尔斯福德夫人吧?"她看着塔彭丝问。

"是的。"

"你大概不认识我,我是伊萨克的儿媳,他儿子斯蒂芬的妻子。斯蒂芬意外去世了,是被卡车轧死的。卡车跑得很快,是在国道上发生的,我想是国道一号,国道一号或国道五号。国道五号很早就有了,但也许是国道四号。总之,就是这样死的。那以后已经过了五六年。我有些……有些话想告诉你,你和……你和你的先生——"她看看汤米,葬礼上你们送了花。伊萨克去世前在你们的花园工作,有这事吗?"

"是的,"塔彭丝说,"他在这里替我们工作。发生在他身上的事实在太可怕了。"

"我是来道谢的,花非常美,很好很漂亮,花束非常大。"

"这是应该的,"塔彭丝说,"伊萨克帮了我们很多忙。我们刚刚搬来,他对我们的帮助很大。我们不大了解这房子,他告诉了我们很多事情:比如说什么东西该放在哪儿。他在种植方面也给了我很多建议。"

"正如你说,他对自己的活计的确很拿手。他老了,近来工作不多,而且他的腰很不灵活,即便想工作也不能做得太多。"

"他非常好,非常得力,"塔彭丝说,"而且知道村里的许多事,村里的人他几乎全认识,也告诉了我们很多事。"

"他知道的事情的确很多,他的家人很早就出去工作,而且都住在这一带,知道许多过去的事情。不是亲眼所见,大都是听来的。夫人,打扰您了。我只是来打个招呼,向你道谢的。"

"太客气了。"塔彭丝说,"非常感谢。"

"你还要找能做园艺的人吧?"

"是的,"塔彭丝说,"我们不太擅长做这方面的事,也许你——"她犹豫着,仿佛在不合适的时机说了不恰当的话,"也许你认得愿意来为我们工作的人。"

"是的,我没法立刻想到适合的人,但我会为你留心的,的确很难找到。在这期间,先让亨利来好吗?他是我的二儿子,先让他来,等找到合适的人再接替他。祝你们一切顺心!"

"我忘了伊萨克姓什么了。"汤米一边进屋一边说。

"姓波多黎科。叫伊萨克·波多黎科。"

"这么说来,刚才那人也姓波多黎科是吗?"

"是的,她有几个男孩和一个女孩,都住在一起。住在马斯顿路上的那幢农庄。你觉得她知道是谁杀害了伊萨克吗?"塔彭丝问。

"不像,"汤米说,"看上去不像。"

"我不知道你是怎么'看'的,"塔彭丝说,"这种事不是很难说吗?"

"她是来感谢你送花的。我不觉得她有——她有复仇的意思。如果要复仇的话,她一定会口吐不满的。"

"也许是,但也许不是。"塔彭丝说。

她若有所思地进了屋。

第八章 对一位叔叔的回忆

第二天早上,塔彭丝正在向电工说明哪里觉得不满意时有人来打断了她。

"夫人,门口有个男孩想和你谈谈。"阿尔伯特说。

"哦,他叫什么名字?"

"我没问他,他在外面等着。"

塔彭丝戴上工作帽,走下楼梯。

门外站着一个十二三岁的男孩,他神情紧张,不断走动。

"我可以进来了吗?"他问。

"你是亨利·波多黎科,是不是?"

"是的。他对我——我是说在某种程度上他对我来说亲近得像一个叔叔。我是说昨天被讯问的事情,我还是第一次被人讯问呢。"

塔彭丝险些问他"感到有趣是吧?",但及时克制了这样的冲动。亨利露出对新鲜事欲言又止的神情。

"真是意外的灾难,"塔彭丝说,"实在非常遗憾。"

"他年纪已经很大了,"亨利税,"本来就活不了多久了。一到秋天他就咳个不停,闹得大家都睡不着觉。我没有工作,所以来问一下,我知道——是我妈妈告诉我的——现在正是替莴苣除苗的时候,我请你让我来做这项工作。我知道莴苣种在哪里,伊萨克爷爷工作的时候我来这儿玩过,你要是愿意,我现在就做。"

"真是太好了。"塔彭丝说,"你去试试看吧。"

两人穿过花园,向种植莴苣的地方走去。

"种得太密了,必须除去一部分,等有了适当的空隙,再移回来。"

"我对莴苣种植一无所知,"塔彭丝说,"花还懂得一些。豌豆、芽甘蓝、莴苣和其他蔬菜,这些我总是种不好。你不想来我的花园工作吗?"

"我还要上学。我只送报,或者在夏天帮人摘苹果。"

"我明白了,"塔彭丝说,"要是知道有适当的人,请通知我一声,我会非常高兴的。"

"我一定会通知你的。"

"请示范一下种植莴苣的方法,这个我很想学。"

塔彭丝站在一旁,观看亨利·波多黎科灵巧地侍弄莴苣苗。

"这样就行了。这莴苣很不错,是'韦布的良种'吧?这类种子可以保存很长时间。"

"'脆种'已经用完了。"塔彭丝说。

"是啊。那是早开花的品种?非常脆,味道也很好。"

"谢谢你帮忙。"

塔彭丝转身向房子走去。她发觉忘了拿围巾,又折回花园。正要回去的亨利停下脚步,向塔彭丝走来。

"我来取围巾,"塔彭丝说,"它挂在矮树丛上了。"

亨利把围巾递给她,然后绞着双手看着塔彭丝。他看上去很不安,塔彭丝很想知道他到底是怎么了。

"有什么事吗?"塔彭丝问。

亨利抖了抖腿,看了她一眼,又抖了抖腿,然后捏捏鼻子,摸摸左耳,不停地抖着脚。

"没什么事——我是想——如果你——如果你不在意的话,我想问——"

"问什么?"塔彭丝停下脚步,探询地看着他。

亨利满脸通红。

"我不想——我不想问东问西的,我只是想知道——我的意思是说,人们一直在谈论——他们在谈,我听见他们在说……"

"他们说了些什么?"塔彭丝问。她很想知道亨利为什么如此战战兢兢,他难道听说了"月桂山庄"的新住客贝尔斯福德夫妇的什么事吗?"小伙子,你听到了什么?"

"哦,没什么大不了的,只是——夫人,听说你在上次战争时抓到了间谍,你和你先生两个人。你调查案件,查出了潜伏的德国间谍。你找到他,历经种种险情,终于彻底解决了那个案件。你——我不知道该怎么说——是我们秘密谍报部的人员之一,你的工作做得非常好。当然,那是很久以前的事了,但你在一些跟童谣有关的事件中表现得相当活跃。"

"不错。"塔彭丝说,"那首童谣是'呆头鹅'。"

"呆头鹅!我记得那首童谣。很久以前听到过,'呆头鹅,呆头鹅,你在什么地方徘徊?'"

"'上楼,下楼,走到夫人的房间里。呆头鹅找到不祈祷的老人家,抓住老人家的左腿,把他推下楼。'你小时候看的可能是这首童谣,不过我在破案时遇到的是另一首童谣。"

"原来是这样啊,"亨利说,"跟你这样的人住在同一个村子真是太好了。但我不知道童谣为什么会和案子有关系。"

"那是一种密码。"

"你是说童谣里暗藏了密码吗?"亨利问。

"是的,"塔彭丝说,"看明白后,一切就都清楚了。"

"真是太厉害了,"亨利说,"可以告诉我朋友吗?我是说我最好的朋友克拉伦斯。很奇怪的名字。我们常为此笑话他。但他为人很好,要是知道你这样的人住在这村子里,他不知会有多惊讶呢!"

他带着敬意看着塔彭丝,令人想起忠诚的长耳狗。

"太厉害了!"他又说了一次。

"那是很久以前的事了,"塔彭丝说,"是四十年代。"

"有趣还是可怕?"

"两者都有,"塔彭丝说,"但大部分是可怕。"

"真的?我想多半也是!真是奇怪,到这儿以后你竟然又卷入到同样的事情里了。是海军军官吧?虽然是英国的海军中校,但其实并不是英国人。他是个德国人。至少克拉伦斯是这样说的。"

"情形大致如此。"

"你是为这个才来吧?以前这里发生过一些事情——那是很久很久以前的事了——情形跟你说的一样。他是个潜艇军官。他对外出售潜水艇的设计图。"

"是有这么回事,"塔彭丝说,"但我们不是为此而搬来的。我们搬来是因为这里比较适合居住。我听说过此类传言,但并不知道真正发生了什么。"

"我想告诉你一些事,但我不知道哪些是对的,哪些又是错的。事情未必能完全弄清楚。"

"你的朋友克拉伦斯对这事怎么知道得这么多?"

"是从迈克那儿听来的。迈克做铁匠的时候,在这里住过一阵。他已经去世很久了,但从不同的人那里听说了许多事情。伊萨克爷爷也知道很多，有时还给我们讲。"

"他对这件事知道得很多吗？"

"是的。所以才会被打死，我猜那才是他的死因。他知道得太多了，也许还都告诉了你。所以才会被干掉。最近常有这种事，对警方可能追踪的事件知道太多的人，都会被干掉。"

"你认为你爷爷伊萨克——你认为他知道得很多吗？"

"是的，许多人有事都会跟他说。他在各处听了许多事情。有时也会说给我们听——虽然不是经常。有时在傍晚时分，抽过一袋烟，或者在我、克拉伦斯和另一个朋友汤姆·吉林汉闲谈之余。汤姆很喜欢听这种事，伊萨克爷爷也很愿意讲。我们不知道是爷爷编的还是确有其事。我想他一定发现了什么有趣的东西，也知道一些东西放在什么地方。爷爷说，要是有人知道它们在那个地方，一定会觉得有趣极了。"

"他是这样说的吗？"塔彭丝说，"如果我们知道那地方，那一定也非常有趣。你一定得回忆起他说过的话以及偶然间说出的事，因为这也许能帮我们查出杀你爷爷的凶手。他是被谋杀的，不是意外死亡。"

"起初，我们都认为那是意外致死。爷爷心脏不好，常常会昏倒，有时也会晕眩病发作。在被讯问之后，我才觉得他可能是被谋杀的。"

"不错，"塔彭丝说，"我想是被谋杀的。"

"你不知道那是为什么吧？"

塔彭丝凝视着亨利，觉得自己和亨利就像两条在追踪同一种气味的警犬。

"那是有计划的罪行。作为他的亲人，你的心情自不用说。作为一个外人，我同样想知道谁犯下了如此残忍的罪行。亨利，你一定知道些什么，或者有些想法吧？"

"我没什么想法，"亨利说，"我只是从伊萨克爷爷那里听到一些事情，知道他提到过的一些人——他说迟早他会因此被杀，因为他知道得太多了，知道他们干了些什么，知道发生过什么事。但爷爷说的都是死去很久的人了，没有人真正认识那些人，也没有人知道确切发生过什么。"

"亨利，你一定会帮助我们吧！"

"你是说要我跟你们一起调查吗？就是说，也让我参与调查吗？"

"是的，"塔彭丝说，"如果你能不把听说到的事告诉别人，我就让你参与调查。我是说，你只能把调查的事情告诉我，其他人一概不能说，否则事情会传开。"

"我明白了。否则凶手会对你和贝尔斯福德先生不利，是不是这样？"

"也许吧，"塔彭丝说，"但愿不致如此。"

"好吧，这样想很自然，"亨利说，"你看这样行吗？要是知道或听到什么，我就到这里来，假装有工作要做。你认为如何？这样我就可以把知道的事告诉你，不致被别人听去——其实我现在什么都不知道，不过我有朋友。"亨利板起脸，模仿电视里的人物说："我知道的情况比谁知道得都多。他们觉得我肯定没听到，更不认为会被我记住。但我偶尔也会知道他们说了些什么，还有谁知道，接着他们还会——是的，默不作声，却什么都听到了——这样做非常重要是不是？"

"是的，"塔彭丝说，"我想很重要。务必小心，亨利，你明白吗？"

"我非常明白。我会很小心的，尽可能小心。"接着他话锋一转,"伊萨克爷爷知道这地方的很多事情。"

"你是说这里的房子或花园吗?"

"是的。他听到过一些传闻,看见谁到过哪里,可能做过些什么,在什么地方跟什么人见面,把东西藏在什么地方。他常常告诉我们这些事情。当然,妈妈听得不多,她觉得这些实在荒唐无稽。哥哥约翰逊认为这很无聊,也不愿意听。但我会仔细听,克拉伦斯也很感兴趣。他平时就很喜欢类似的电影。当时他还对我说:'这简直像电影嘛。'因此我们两人常常谈论这一类的事。"

"听过玛丽·乔丹这个人的事吗?"

"当然听过,是德国女孩,而且是个间谍,对不对?从海军军人那里取得海军的秘密,是不是?"

"的确是这样。"塔彭丝虽然这样说,内心则在向玛丽·乔丹的灵魂致歉。她觉得这样解释比较安全。

"她长得非常漂亮,是不是?很美吧?"

"这我可不知道。玛丽死的时候我才只有三岁。"

"说的也是。她一定长得非常漂亮,现在还时不时听人说起呢。"

"塔彭丝,你上气不接下气的,看起来非常兴奋。"汤米说。他看到妻子一身工作服,微微喘着气从后门走进屋。

"不错,"塔彭丝说,"可以这么说。"

"不会是因为在花园里工作过度了吧?"

"没有。其实我什么也没做。只是站在莴苣旁聊天,准确地说只是别人的谈话对象而已——你怎么看都行——"

"谁在跟你聊天?"

"一个小男孩。"塔彭丝说。

"他答应你来花园帮忙了吗?"

"没有,"塔彭丝说,"如果这样当然很好,不过不是这样。事实上,他说'这简直太棒了'。"

"他是说我们的花园吗?"

"不,"塔彭丝说,"他是在说我。"

"说你吗?"

"表情别这么惊讶,"塔彭丝说,"口气也别如此吃惊。说真的,有时我对突如其来的赞赏还真是没有免疫力。"

"是什么太棒了?——你的美丽还是花园里的工作?"

"我的过去。"塔彭丝说。

"你的过去!"

"是的。只要一想到我是上次战争中找出德国间谍的那位女士,他就觉得非常兴奋。就是退役海军中校是冒牌货的那个案子。"

"又是'N或M'啊,你就忘不了那件事吗?"

"我没想忘,"塔彭丝说,"我是说,为什么要忘?如果我们是红极一时的男演员或女演员,应该非常乐意回忆当时的情景。"

"我懂你的意思。"

"那件事可能对这次的事件非常有用。"

"那男孩几岁?"

"十岁或十二岁。看起来只有十岁,但可能已经有十二岁了,他有个叫克拉伦斯的朋友。"

"跟这次的事件有什么关系吗?"

"目前没什么关系,"塔彭丝说,"但他和克拉伦斯会跟我们合作,和我们一起行动,做些调查或告诉我们消息。"

"十岁或十二岁的孩子能告诉我们什么？他会记得我们想知道的事吗？"汤米问，"他说了些什么？"

"他用的句子大部分很短，"塔彭丝说，"说话中常夹着'你知道吧'，'就是这样'，或'是这样，所以'，从头到尾一直在说'你知道吧'。"

"都是你没听说过的事吗？"

"他一直在尽力解释他听到的事情。"

"从谁那儿听来的？"

"不是第一手资料，也不是你所说的第二手资料；可能是第三手、第四手、第五手、甚至第六手的资料了。其中有从克拉伦斯那儿听来的；有从克拉伦斯的朋友阿尔杰农那儿听来的，阿尔杰农说的又是从吉米听来的。"

"够了，别说了，"汤米说，"孩子们听到了什么？"

"那就更难说了，"塔彭丝说，"但总会有所收获。他们听说了一些地方和发生在那些地方的事情。他们非常渴望——渴望参与到我们来这儿之后一直做的事情里来。"

"什么事情？"

"为了发现重要事物而进行的调查，发现众所周知隐藏在这儿的那些东西。"

"哦，"汤米说，"隐藏了什么东西，它们什么时候隐藏在什么地方，又是如何隐藏的？"

"在这三点上有各种各样的说法，"塔彭丝说，"这非常令人振奋。汤米，你不会想否认吧？"

汤米忧虑重重地说了声"也许吧"。

"总算和老伊萨克的事联系起来了，"塔彭丝说，"伊萨克一定知道许多可以告诉我们的事情。"

"你觉得克拉伦斯和——那个孩子叫什么来着——"

"让我好好想想,"塔彭丝说,"那些孩子的名字可真是让人搞不清。有像阿尔杰农这种尊贵的名字,也有吉米、约翰逊和迈克这种普普通通的名字。"

"查克。"塔彭丝突然想起一个名字来。

"抛弃① 什么?"汤米问。

"不,不是抛弃,这是个名字。那孩子名叫查克。"

"好奇怪的名字。"

"他叫亨利,但朋友们都叫他查克。"

"我倒听说过'鼬鼠查克'。"

"你记错了,鼬鼠的名字叫'波普'。"

"你说得对,但鼬鼠叫'查克'也不错啊。"

"汤米,我想说的是我们得继续干下去,尤其是现在这个当口。你一定也有同感吧?"

"是的。"汤米说。

"即使你不说,我也知道你的心思。我们必须继续调查下去,理由不言自明。主要是因为伊萨克。因为知道一些事情,知道一些会使某些人身陷险境的事情,所以他被人杀了。我们必须找出这个可能因为真相败露而身陷险境的人。"

"你想没想过,"汤米说,"伊萨克的被害只是所谓的'滥杀无辜'?那种人到处闲荡,逮着人就杀,尤其爱杀老人和没有抵抗能力的人。"

"我想过这种可能,"塔彭丝说"但觉得可能性不大。我想这房子里的确有些东西。我不知道是否被藏起来了,但确实有那么

---

①查克的英文 Chuck 也有抛弃的意思。

些东西。它们会使过去发生的事完全曝光，有人把这些东西留在了这里，或者托人收在这里。受托的人把东西放在某个地方，没多久就死了。一些人不愿意这东西被人发现。但伊萨克知道，他们怕伊萨克告诉我们，关于我们的传言已经散布开了。传言说我们是有名的反间谍专家，我们在这方面相当出名。从某种意义而言，伊萨克案已然跟玛丽·乔丹连接在了一起。"

"玛丽·乔丹并非自然死亡。"

"是的，"塔彭丝说，"老伊萨克也不是。我们必须查出是谁、为什么要杀他。否则——"

"你必须要小心，"汤米说，"如果有人怕伊萨克知道过去的事情而杀了他，这些家伙同样会在某个晚上埋伏在黑暗角落等你，毫不在乎地做出同样的事情。这种人不愿惹上任何麻烦，他们知道人们只会说：'怎么又发生这种事啦！'说完便不再追究。"

"老人被殴打头部而死，"塔彭丝说，"这个标题不错。头发灰白，脚又因关节炎而有点瘸，遇到这种不幸的结局也属正常。对想灭口的人来说，我是一个非常容易对付的目标。我会尽量小心，你认为我要随身携带一把小型手枪吗？"

"不行，"汤米说，"绝对不行。"

"为什么？你认为我会犯错吗？"

"你可能会绊到树根，你常常跌倒。不但不能用手枪护身，反而可能伤了自己。"

"你不会真的以为我会做出这种蠢事吧？"塔彭丝说。

"我真的认为有这种可能。"

"我可以带上一把会自动弹出的刀子。"

"如果是我，就什么都不带，"汤米说，"我会若无其事地谈论园艺。或者说我们不满意这幢房子,打算搬到别的地方。你觉得这样如何?"

"跟谁说呢?"

"跟谁都行,一定会传开的。"

"事情一定会传得很快,"塔彭丝说,"这种地方小道消息传播得非常快。汤米,你准备这样去说吗?"

"大概会吧。我会说,我们不像过去那样喜欢这幢房子了。"

"但你仍然会继续调查吧?"

"是的,"汤米说,"既然已经深入到这种地步了。"

"你打算如何下手呢?"

"仍然按现在的方式去做。塔彭丝,你呢?你有什么计划吗?"

"没有明确的计划,"塔彭丝说,"但有了一定的想法。我可以从——我刚才提到的孩子叫什么来着?"

"先是亨利——然后是克拉伦斯。"

第九章 少年团

汤米去伦敦后,塔彭丝无所事事地在房间里走来走去,希望能想出可能带来好结果的办法。可这个早晨,她的脑子里似乎没法产生不同寻常的念头。

在回到起点的压迫感的驱使下,她又回到书房,漫无目的地望着各类书籍的书脊走来走去。儿童书,许许多多的儿童书,真的不能再前进一步了吗?她已经走到了极致,几乎算是查遍了书房里的每一本书。亚历山大·帕金森没再透露更多的秘密。

她用手指拢了拢头发,不悦地踢了最底层的书架一脚,那里有一本封面快要脱落的神学书。这时,阿尔伯特走了进来。

"夫人,楼下有几个人要见你。"

"几个人是什么意思?"塔彭丝说,"是我认识的人吗?"

"我不知道。我想你不认识,大都是男孩子,还有两个有点胖的女孩子,他们似乎是来帮忙的。"

"没有说姓名以及其他什么事情吗?"

"有一个说了,他说他叫克拉伦斯,说你应该知道他。"

"对,"塔彭丝想了一下说,"克拉伦斯。"

昨天的谈话这么快就有成果了吗?反正跟踪一下这条线也不坏。

"另一个孩子也来了吗?昨天跟我在花园里说话的那个?"

"不知道。每个孩子看起来都很像，衣着都不是那么干净。"

"算了，我自己去看。"

下到一楼，塔彭丝惊讶地转身望着阿尔伯特。

阿尔伯特说："为以防万一，我没让他们进屋。这样不安全，不知道会丢什么东西。他们在花园里，说会在金矿旁等你。"

"在什么旁边？"

"金矿。"

"哦。"

"那是什么地方？"

塔彭丝用手指了指。

"经过玫瑰园，再沿着种着牡丹的小径往右走就到了。那里有块水洼地，以前不是小河或水渠，就一定是养金鱼的池塘。阿尔伯特，把我的胶鞋拿出来，最好再带上防水雨衣，要是没穿雨衣掉进去就麻烦了。"

"要是我，我就干脆穿上再去，这天看起来像要下雨了。"

"雨，雨，下不完的雨。"塔彭丝说。

塔彭丝走出房门，迅速向那些等待着自己的孩子们走去。大约有十个到十二个孩子，大部分是男孩，还有两个长头发的女孩子，他们看上去似乎都很兴奋。一看到塔彭丝，其中一个便大声说道：

"来了！她到这里来了。谁来告诉她？乔治，你说，你比较会说话，你不是常常说个不停吗？"

"乔治，不行，这次我来说。"克拉伦斯说。

"得了吧，克拉伦斯，你发音不清，一说话就咳嗽。"

"这次应该我来说。我——"

"各位早，"塔彭丝打断了他们的争执，"有事找我吗？是什么事啊？"

"我们有事要告诉你，"克拉伦斯说，"是线索，你不是在收集线索吗？"

"要看有没有用了，"塔彭丝说，"你们找到了什么线索？"

"不是现在的线索，是很早很早以前的线索了。"

"是个有年头的线索，"一个看上去脑筋很好，像是领头的女孩子说，"调查过去最有趣了。"

"我明白，"塔彭丝其实并不明白，"这里到底是什么地方？"

"是个金矿。"

"有金子吗？"

塔彭丝看看四周。

"其实是个金鱼池，"一个男孩子说，"以前常放金鱼，有许多尾巴的特殊品种，来自日本和其他一些地方。哦，真是太美妙了，那是在弗雷斯特老夫人时代的事了，距离现在有十来年了吧。"

"是二十四年前。"一个女孩子说。

"那是在六十年以前，"一个非常小的声音说，"绝对有六十年了。有许多金鱼，非常非常多。据说都很贵，死的也很多。它们常以彼此为食，有时还会肚子朝上浮在水面上。"

"你们到底想说些什么？"塔彭丝说，"那些金鱼可一条都没有了啊。"

"不，这是线索。"看起来很聪明的女孩说。

大家七嘴八舌地吵个不停，塔彭丝连忙摆了摆手。

"不要同时说，"塔彭丝说，"一次只能有一两个人说。到底是怎么回事？"

"你也许想知道东西藏在什么地方。我们是说曾经被人藏起来，据说是非常重要的东西。"

"这种事你们怎么会知道?"塔彭丝说。

大家又一起答了。同时听这么多人说话,实在是不容易。

"是珍妮说的。"

"珍妮的叔叔本说的。"另一个孩子说。

"不,应该是哈利……对,是哈利从堂弟汤姆那听来的……汤姆比哈利小很多。汤姆从他奶奶那里听来的,他奶奶从乔希那儿听来的。是的,我不知道乔希是谁。我想是他奶奶的丈夫……不,不是丈夫,是她的叔叔。"

"我的天哪!"塔彭丝说。

她望着这群指手画脚的孩子,从中指出一个来。

"克拉伦斯,"她说,"你是克拉伦斯吧?你的朋友对我说起过你。你知道什么?是怎么回事?"

"如果想要知道,最好到PPC去。"

"哪儿?"塔彭丝问。

"PPC。"

"PPC是什么?"

"你不知道吗?没听人说起过?PPC是指'退休者皇宫俱乐部'。"

"哇,听起来真棒。"

"一点也不棒,"一个大约九岁的男孩说,"很无聊的一个地方,领养老金的老人们聚在一起聊天。全是胡说八道,不过有些人也会说自己知道的事情。上一次战争以及之后的事。他们什么都说。"

"PPC在什么地方?"塔彭丝问。

"在村子那头,去莫顿路的路上。靠养老金生活的人都能领到入场券，在那里玩宾果游戏什么的。挺有意思的，里面有年纪很大的老人，也有盲人和聋哑人等行动不便的人。他们都——嗯，他们都喜欢聚在一起。"

"我应该去看看，"塔彭丝说，"一定得去，那里有规定的开放时间吗？"

"什么时候都可以去，不过最好是下午。到了下午，他们会比较欢迎客人。如果下午有客人，他们就会在茶点时间端出点特别的东西来。有时是加糖的饼干，有时是油炸薯片或类似的东西。弗雷德，你想说什么？"

弗雷德向前跨了一步，稍显夸张地朝塔彭丝鞠了个躬。

"我很乐意陪你去，"他说，"下午三点半如何？"

"好啦，"克拉伦斯说，"别这样装腔作势的。"

"我非常乐意去。"塔彭丝说，然后她望着水面又说，"真遗憾，已经没有金鱼了。"

"应该让你看看五条尾巴的金鱼，真是棒极了。从前，有一条狗掉进了金鱼池，是法杰特夫人的狗。"

有人表示异议。"是别人家的狗。是佛利奥，不是法杰特——"

"是弗里亚特家的。只有一个'f'的弗里亚特，'f'不用重音。"

"别傻了，不是弗里亚特，是法兰奇，'f'要读重音。"

"那条狗有没有淹死？"塔彭丝问。

"没有。那是条小狗，母狗发疯似的飞奔去拉伊莎贝尔小姐的衣服。伊莎贝尔小姐在果园摘苹果，母狗去拉她衣服。伊莎贝尔小姐跟过去，看到小狗落水，就跳下去把它救了上来。她浑身湿透，身上的衣服都没法再穿了。"

"天哪，"塔彭丝说，"这里的事情可真是不少！好吧，下午就去那里走一走，也许你们能来两三个人，带我去'退休者皇宫俱乐部'。"

"三个人吗？你要谁去？"

孩子们立刻骚动起来。

"我……不，我不能去……让贝蒂去……不行，贝蒂也不能去，贝蒂最近才去过。我是说，她最近才去看过那里的电影放映会，她不能再去了。"

"你们自己决定吧，"塔彭丝说，"记得三点半来接我。"

"希望你会觉得很有趣。"克拉伦斯说。

"你会在复古中感受到趣味的。"聪颖的女孩很肯定地说。

"珍妮特，你闭嘴！"克拉伦斯说，他转身看着塔彭丝，"珍妮特总是这个样子。她上文法学校，所以老爱咬文嚼字。她瞧不上普通的学校，父母也吹毛求疵，后来就上了文法学校。所以现在她就这样了。"

吃完午饭，塔彭丝琢磨着孩子们是不是认真的。下午会有人来接她去PPC吗？PPC是真的存在还是仅仅是孩子们想出来的？无论如何，坐等人来都是件非常有趣的事情。

不过，代表团非常准时。三点半，门铃响了。塔彭丝从暖炉边的椅子旁起身，戴上帽子——她认为可能会下雨，所以戴了顶塑胶的——阿尔伯特将她送到门口。

"别一个人去。"阿尔伯特轻声说。

"阿尔伯特，"塔彭丝轻声问，"这里真有PPC吗？"

"我想应该与名片之类的东西有关，"阿尔伯特总想展现他平日了解的与社会习俗有关的知识,"不知是告别时还是见面时交给对方,总之就是这种时候。"

"应该和领退休金的人有关才对啊。"

"是有个这样的地方,两三年前才落成。经过教区长的住处向右拐就到了,建筑物的外表虽然不是很美观,但对老年人来说却是相当不错。任何人都可以去参加聚会,还有各种比赛,女人们常会去帮忙。那里也开演奏会,还有个——对了,还有个妇女协会。总之,那是个老年人的休闲场所,住在那儿的人年纪都非常大,大部分都聋了。"

"是的,"塔彭丝说,"应该就是那个地方。"

门开了。珍妮特因为聪明,站在了最前面,后面是克拉伦斯,再后面是似乎名叫伯特的斜眼高个子男孩。

"贝尔斯福德夫人,下午好,"珍妮特说,"所有人都盼着你去。你最好带把雨伞,今天预报的天气可不太好。"

"我也有事要到那边去。"阿尔伯特说,"可以跟你们一起走一段。"

有阿尔伯特一起的确放心多了,但塔彭丝也不认为珍妮特、伯特或克拉伦斯会对她构成危险。步行二十分钟就到了PPC。他们穿过大门,在红色建筑物门口受到一位七十多岁的健壮老奶奶的接待。

"真高兴你能来,"她轻轻地拍着塔彭丝的肩膀说,"珍妮特,非常感谢。如果愿意的话,你们可以回去了。"

"男孩们如果没听到什么就回去的话,一定会非常失望的。"珍妮特说。

"人少一些对贝尔斯福德夫人也许会更好。人不多就不会太紧张。珍妮特,你去下厨房,叫莫丽端茶过来。"

塔彭丝不是为喝茶而来，但她不能这样说。茶很快就送来了。茶很淡，另外还有饼干和三明治，三明治里夹着的鱼腥味很重，还有令人不敢领教的面糊。众人围坐成一圈，气氛比较沉闷。

一个长着络腮胡，看似已有上百岁的老人走过来，坐在塔彭丝身旁。

"夫人，我想最好由我先来，"老人说，"这当中我年纪最大，听到的事比谁都多。村里有许多故事。过去这里的确发生过很多事情，无法一下子全都说完。但我们都——是的，我们都听说过一些过去的事情。"

"我明白，"塔彭丝在他还没提出自己不关心的话题前匆忙插话说，"我知道村里以前发生过许多有趣的事情，上次战争时不算太多，但上上次战争以及更早的时候有很多。我们的记忆回不到那么远，不过也许会从老一辈的人那儿听说过。"

"是的，"老人说，"确实如此。我从伦叔那儿听过许多，伦叔是个了不起的家伙，知道许多事情。比如上次战争爆发前码头边那栋房子里发生过什么事情。那真是一场噩梦。那些法基斯——"

"是法西斯。"一个脖子上围着旧花边披肩的白发老妇拘谨地说。

"你要是喜欢说他是法西斯分子也行，叫什么又会有什么不同呢？没错，他是其中之一，是那个意大利人的同伙，是那个叫墨索里尼的吗？总之，是个类似贻贝或扇贝鱼之类腥气很重的名字。她在这村里惹起了一场骚动。搞了许多次聚会，一个叫莫斯莱的家伙最先开始了这种风气。"

"一战时这里有个叫玛丽·乔丹的女孩吧？"塔彭丝问。她不知道这样说算不算机灵。

"是的,据说长得很美。据说她从海军和陆军窃取了机密。"

一个年纪很大的老太太用尖细的声调唱道:

> 他不在海军,也不在陆军,
> 然而却是与我相配的那一个。
> 不在海军,不在陆军,
> 他是皇家的炮兵。

唱到这儿,一个老头儿接了下去,

> 到蒂伯拉里的长路迢迢,
> 长路迢迢,
> 到蒂伯拉里的长路迢迢,
> 不知前路还有多远。

"够了,本。"一个身材结实的老太太说,应该是老头儿的妻子或者女儿。

另一个老妇人以颤抖的声音接着唱:

> 标致的姑娘都喜欢水兵,
> 标致的姑娘都喜欢水手,
> 标致的姑娘都喜欢水兵,
> 谁都知道水手们是些什么东西。

"莫蒂,别唱了,这首歌已经听腻了。还是讲些事情给这位夫人听吧,"本老叔说,"她是来这打探消息的,想听听以前引起骚动的那些东西藏在什么地方,所有关于那次骚动的事情她都想知道。"

"什么东西被藏起来了?"塔彭丝振奋地说,"听上去可真是有趣。"

"是在我这一代之前的事了,但我全都知道。对,是在一九一四年以前,虽然传得沸沸扬扬,但没有人清楚到底是怎么回事情,为什么会引起那么大的骚动。"

"跟划船比赛有关。"一个老太太说,"是牛津和剑桥的比赛。我曾去过一次——伦敦桥下举行的划船比赛,真是美好的日子,牛津以一个船身险胜。"

"你们的话全无意义,"一个铁灰色头发、表情严肃的女人说,"你们什么都不知道,那次骚动发生在我出生以前,但我比各位知道得都多,我是从姑婆玛蒂尔达那里听来的,她是从她的姑姑鲁丝那儿听来的,事情发生在四十年以前,大家都在谈论,大家都在寻找,有人认为是金矿,从澳大利亚带回来的金块,或者类似于澳大利亚的其他地方。"

"无聊至极。"一个老头说,他抽着烟斗,对同伴流露出厌恶之情,"真是太无知了,竟然能把金块和金鱼搞混。"

"一定非常值钱,否则何必藏起来,"又有人说,"政府来了很多人,还有警察。他们到处寻找,结果什么都没找到。"

"因为他们没有找到很好的线索,会找的话,线索总能找到,"另一个老太太扬扬得意地点头说,"有用的线索肯定能够找到。"

"真有趣,"塔彭丝说,"什么地方?线索在什么地方?村里还是村外,或是——"

这是个不怎么明智的问法,它带出了不下六种几乎同时给出的答案。

"在塔西的荒野那边。"有个人说。

"才不是呢!要过了里特肯尼才能到。是的,在里特肯尼附近。"

"不,是在山洞里,滨海区的山洞里。在巴尔迪海角前面。对,就是有红色岩石的地方。那里以前有走私的秘密通道,是个非常好的地方,那条通道据说现在还在。"

"我以前曾看过一个有关西班牙海的故事。故事发生在很久以前的无敌舰队时期。西班牙船只满载着金币在那里沉没。"

第十章 塔彭丝遇袭

"天哪！"晚上，汤米一回家就大嚷，"塔彭丝，你看来好像疲倦得很，你究竟做了些什么？一副无精打采的模样。"

"的确累死了，"塔彭丝说，"唉，不知多久能复原！"

"你到底在做什么？难道又去楼上找书了吗？"

"不，"塔彭丝说，"我不想再看书了，我已经和书一刀两断了。"

"那到底是怎么回事？你做了什么？"

"你知道什么是PPC吗？"

"不，"汤米说，"但也不一定。对了，那应该是——"

"是的，阿尔伯特知道，"塔彭丝说，"但不是那种东西。我马上就告诉你，不过你最好先喝些鸡尾酒或威士忌，我也要喝一点。"

她简要地把下午的事告诉了汤米。汤米"哎呀"了一声，然后又说："塔彭丝，你干得真不错，调查很有趣吧？"

"我说不上来，"塔彭丝说，"六个人一起说话，大部分人都插不上嘴，而六个人说的又各不相同——真不知道他们在说些什么。不过，我对如何应付这类事情又有了些主意。"

"你想说什么？"

"有许多传说跟藏在这里的东西有关，而且与一九一四年大战,甚至更早时候的秘密有关。"

"这我们不是都已经知道了吗?"汤米说,"我是说,我们已经知道个大概了。"

"是的。总之,有些陈年往事一直在村里流传着。这些事是村民从玛丽亚阿姨或本叔叔那儿听来的,然后再任意加以解释。玛丽亚阿姨也是从史蒂芬叔叔、鲁丝阿姨或奶奶那儿听来的。总之是从很久以前流传下来,其中当然也有我们想知道的消息。"

"那你不是迷失在别人的话里了?"

"是啊,"塔彭丝说,"就像从干草堆里捞针一样。"

"要如何在干草堆中捞针呢?"

"选些可能性比较大的,就是那些确实可能听见过传闻的人,至少在短暂的一个时期内把他们和别的那些人分开,让他们把从阿嘉莎阿姨、贝蒂阿姨或詹姆斯叔叔那儿听来的事情如实地告诉我们。然后再向别人打听一下,也许会有人给我更为深入的启示,这样做一定会有所收获。"

"是的,"汤米说,"我想会有所收获,但我们不知道究竟要找什么啊。"

"那正是我们所要做的,不是吗?"

"是的,我的意思是在探查之前,你要先明白到底要找的是什么。"

"首先,不可能是西班牙无敌舰队的金块,"塔彭丝说,"也不可能是隐藏在洞窟里的走私物品。"

"也许是法国产最高级的白兰地。"汤米满怀希望地说。

"有可能,"塔彭丝说,"但我们找到的不会是这种东西吧?"

"那可不一定,"汤米说,"没准会有意外发现呢。事实上,我很希望能找到这种东西。当然,也可能是信。比如六十年前可以用来讹诈人的桃色情书,只是现在大概没什么用。"

"也许吧,"塔彭丝说,"但我们迟早会有方向的。汤米,你觉得我们的调查会不会顺利?"

"不知道,"汤米说,"不过今天已经有了些收获。"

"什么收获?"

"哦,是人口普查。"

"什么普查?"

"人口普查。过去某年似乎进行过人口普查——具体是哪一年已经无法确定了——据说,除了帕金森家之外,还有很多人住在这幢房子里。"

"你是怎么知道的?"

"科罗顿小姐用她的方法调查到的。"

"我越来越妒忌科罗顿小姐了。"

"大可不必。她有股男子气,对我很凶,长得也不太好看。"

"那就算了。人口普查跟这次的事情有什么关系?"

"亚历山大说'犯人是我们当中的一个',多半指的是当时在屋里的人。可想而知,那人的名字自然会记载于人口普查的申报书中。普查那天屋里的人都被记下了名字,当时的记录可能还留在人口普查的卷宗里。只要知道要找的人——我不是说知道要去找谁,但可以通过认识的人找到他们——然后再列出几个人名。"

"我承认,"塔彭丝说,"这个主意相当不错。我们吃点东西吧,这样我也许会好一点,一下子听六个人的声音可真是让人吃不消。"

阿尔伯特做了非常可口的菜肴。他的手艺时好时坏,目前正处于巅峰期，今晚他展示的是一种他称为干酪布丁的食物，而塔彭丝和汤米称之为蛋白干酪酥。阿尔伯特不快地纠正了他们对这道点心的错误称谓。

"蛋白干酪酥是另一种点心，"他说，"要加更多起泡的蛋白。"

"没关系，"塔彭丝说，"不管是干酪布丁或蛋白干酪酥，味道都非常好。"

汤米和塔彭丝埋头猛吃，不再交换两人的调查所得。喝完两杯浓咖啡后，塔彭丝舒畅地靠在椅背上，大大地舒了一口气，说：

"终于缓过来了。汤米，吃饭前你还没有梳洗过吧。"

"我才没那个空呢，"汤米说，"而且谁知道你又要干什么，说不定又要我到书房去，站在满是尘埃的取物梯上拿书呢！"

"我才不会这样残忍呢，"塔彭丝说，"别激动，我们先确定一下目前进展到什么程度再说。"

"你是指我们，还是说你自己？"

"我只知道自己这部分，"塔彭丝说，"我知道我的，你知道你的，其中包含着一些可能性。"

"'可能性'或许太多了。"汤米说。

"把皮包递给我，我不会是把它留在餐厅了吧？"

"你总是这样，不过这次有所不同，皮包就在你的椅子腿边。不——是在另一边。"

塔彭丝拿起皮包。

"非常好的礼物，"塔彭丝说，"真正的鳄鱼皮。只是装东西有点难。"

"拿东西也不易。"汤米说。

塔彭丝费力地从包里掏着东西。

"要拿出昂贵皮包里的东西，通常都非常难，"她喘着气说，"网袋最为方便，你可以像搅布丁那样乱翻一通，找出你要拿的东西。不错，总算找到了。"

"什么东西？像是洗衣店的标签纸。"

"没错，是这一类的东西。原本我用它来记录送洗衣服的情况。我有时需要提醒洗衣店的人，诸如枕巾破了之类的事，就把它们记录下来。但只用了三四页，还可以再用，我把听到的事情都记在里面了。虽然大都是些无关紧要的事情，但仍然记了下来。你第一次谈到人口普查的时候，我就记下来了。虽然不知道内容，也不太理解你的意思，但还是记了下来。"

"哦，很好！"汤米说。

"上面还记着亨德森夫人和一个名叫多多的人。"

"亨德森夫人是谁？"

"你大概不记得了，但也无须多提。这两个人是那个叫什么来着的老夫人——对了，是格里芬夫人——提到的名字。接着有条与牛津和剑桥相关的线索。我在一本旧书上还偶然查到了另外一件事情。"

"牛津和剑桥？你是说大学生也参与其中了吗？"

"我不知道其中有没有大学生的参与，我想可能是指划船比赛的赌注。"

"这对我们似乎没什么用。"

"不见得。由此看来，我已经接触了亨德森夫人，接触了住在'苹果公寓'的人，而且在楼上书房的一本书里找到了塞在里面的脏纸片。是《卡特里奥纳》还是《王座的阴影》我倒是不记得了。"

"《王座的阴影》是一本和法国大革命有关的书，我小时候读过。"汤米说。

"有件事不知道能否会有所帮助,不过我还是把它记下来了。"

"什么事情?"

"只是三个铅笔写下的词而已。格里的g-r-i-n。其次是亨,h-e-n。再次是罗,L-o-,罗的第一个字母是大写。"

"让我好好想想,"汤米说,"喜笑颜开的猫——格里一定是笑(grin)。亨是小母鸡潘妮!这是个老得不能再老的童话。罗是——"

"啊哈,"塔彭丝说,"你看,被'罗'字难倒了吧?"

"'罗'是让人看东西时说的口头语!"汤米说,"可这似乎说不通啊。"

塔彭丝飞快地解释道:"'苹果公寓'的亨利夫人——我还没遇见她,她在米德塞德。"塔彭丝语速不减,"然后该谁啦?格里芬夫人,牛津和剑桥,划船比赛的赌注,人口普查,喜笑颜开的猫,小母鸡潘妮,潘妮一行到多夫雷福尔——去见一个叫汉斯·安德森之类的家伙。还有罗。我猜他们那时说了声'你看!',我是说抵达多夫雷福尔的时候。我想不出别的什么了,"塔彭丝接着说道,"剩下的也就是牛津和剑桥的划船比赛以及赌注的事了。"

"我觉得我们的胜算微乎其微。如果我们继续这样下去,说不定隐藏在废物中的珍宝就会出现,就像在书房的书架上找到的那本书一样。"

"牛津和剑桥,"塔彭丝若有所思地说,"这两所大学的名字似乎让我想起了什么,但那到底是什么呢?"

"是玛蒂尔德吗?"

"不,不是玛蒂尔德,不过——"

"真爱,"汤米脸上绽开笑容,猜测道,"是真正的爱人吧。到哪里才能找到真正的爱人啊?"

"别老是笑嘻嘻的,真讨厌。你不管什么时候都尽想着这种事。格里——亨——罗,意思不通嘛。但我有种感觉——啊哈!"

"你为什么'啊哈'?"

"汤米,我突然间产生了个想法。这种时候当然会叫声'啊哈'了。"

"什么想法?"

"当然是'罗'的意思,"塔彭丝说,"是从格里联想到的。别傻了,你笑得像只喜笑颜开的猫。格里,亨,然后是罗。一定是这样,绝对是这样。"

"你到底在说什么?"

"牛津和剑桥的划船比赛。"

"如何从格里——亨——罗中引出牛津和剑桥的划船比赛?"

"让你猜三次。"塔彭丝说。

"我放弃,根本说不通。"

"肯定能说得通。"

"你是指划船比赛吗?"

"不,跟划船比赛无关。是色彩。我说的是色彩。"

"塔彭丝,你到底想说什么?"

"格里——亨——罗。我们误读了。其实应该反过来读。"

"什么意思?O-l-n-e-h,意思仍然不通。n-i-r-g也没有任何意思。也许要读做尼尔克。"

"不,只需挑出三个字来。就像亚历山大在我们查看的第一本书中所做的那样。你反过来念念这三个字。罗——亨——格里。"

汤米皱起眉头。

"你仍然没明白吗?"塔彭丝问,"是天鹅骑士罗恩格林。是瓦格纳歌剧中的天鹅骑士罗恩格林。"

"但这跟天鹅有什么关系呢?"

"有关系。你还记得我们在花园里找到的两只陶瓷凳子吗?一只深蓝色,一只浅蓝色。老伊萨克说:'这是牛津,那是剑桥。'这话似乎是他说的。"

"我们打碎了'牛津',是不是?"

"没错。但'剑桥'还好端端的,就是浅蓝色的那只。那就是罗恩格林。两只天鹅中的一只里藏了些东西。汤米,我们下一个工作就是调查那只叫'剑桥'的放在KK里的浅蓝色陶瓷凳。现在就去可以吧?"

"已经晚上十一点了,我看还是算了。"

"明天也行。你明天不去伦敦吧?"

"不,明天不去。"

"那我们明天去查查看。"

"我不知道你总在花园里鼓捣些什么,"阿尔伯特说,"我以前曾在花园里工作过一阵,但对蔬菜并不是很懂。夫人,有个男孩子来找你。"

"是一个红头发的男孩子吗?"塔彭丝问。

"不是,是另外一个,那个长着一头又长又乱的黄色头发的男孩子。名字像个大饭店,听上去比较奇怪。叫'皇家·克拉伦斯'。是的,他叫克拉伦斯。"

"是克拉伦斯,不是皇家·克拉伦斯。"

"不可能叫皇家·克拉伦斯。"阿尔伯特说,"他在前门边等你。他说或许他可以帮忙。"

"是的,他常常帮老伊萨克的忙。"

克拉伦斯坐在长廊或是凉亭——看你想怎么叫——中的旧藤椅上。他似乎刚吃过一顿晚了的薯条早餐,左手还拿着根巧克力棒。

"夫人,您早,"克拉伦斯说,"我来看看有没有我可以帮忙的。"

"很好,我们正需要人帮忙做花园里的事情。你以前帮过伊萨克吧。"

"是的,我经常过来帮忙。虽然做得不大好,但伊萨克从不说我。我经常和他交谈,谈到他以前度过的辉煌年代。雇用他的人那时意气风发。他常说,他是波林格先生的园丁主管。就是那头河边的大宅里住的人家,房子非常大,现在已改为小学。伊萨克说自己是那儿的园丁主管。可我奶奶却说他全是吹牛。"

"哦,这我不介意。"塔彭丝说,"其实我是想从温室里搬些东西出来。"

"你是说玻璃小屋KK,是不是?"

"是的,"塔彭丝说,"奇怪,你怎么也知道这个名字。"

"以前就叫KK,大家都这么叫。据说那是日文。不知是不是真的。"

"我们过去吧。"塔彭丝说。

汤米、塔彭丝和汉尼拔排成一列向KK走去,把洗碗工作扔在一边的阿尔伯特走在最后。汉尼拔满意地闻着附近这一带的香味。走到KK前，它混在众人之间，继续饶有兴致地东嗅嗅，西闻闻。

"汉尼拔，"塔彭丝说，"你也要帮忙吗？要是有所发现，可要告诉我们哦。"

"它是什么品种？"克拉伦斯问，"有人说它以前捉过老鼠，是真的吗？"

"是的，"汤米说，"它是黑色和褐色混杂的曼彻斯特犬。"

汉尼拔知道他们在谈论自己，它回头摇动着身子，猛摆尾巴，然后坐了下来。表情似乎非常得意。

"它会咬人是吗？"克拉伦斯问，"大家都这么说。"

"它是很好的看门狗，"塔彭丝说，"一直都很照顾我。"

"不错。我不在的时候，汉尼拔代我照顾你。"汤米说。

"邮递员说四天前差点被它咬到。"克拉伦斯说。

"狗就是喜欢咬邮递员，"塔彭丝说，"你知道KK的钥匙放在哪儿吗？"

"知道，"克拉伦斯说，"挂在储藏室里，放盆景的储藏室。"

克拉伦斯去拿钥匙，很快便回来了。塔彭丝问他钥匙上要不要涂些油。

"涂过油了，一定是伊萨克涂的。"克拉伦斯说。

"是的，这门以前很难开。"

门被打开了。

四周装饰着天鹅的陶凳——剑桥——看起来还相当美观。伊萨克显然清洗过"剑桥"，准备把它搬到阳台上以便在天气适宜的时候使用。

"应该还有只深蓝色的，"克拉伦斯说，"伊萨克常说它们是牛津与剑桥。"

"真的吗?"

"是真的。深蓝的叫牛津,淡蓝的叫剑桥,牛津就是那只被打破的是不是?"

"是的,听上去就像牛津和剑桥之间的划船比赛。"

"顺便问一下,你们一定已经查看过那匹摇摆木马了吧。KK里塞满了类似的脏东西。"

"是的。"

"它叫玛蒂尔德,这名字可真有趣。"

"是的,我们还给它开了一刀。"塔彭丝说。

这似乎让克拉伦斯觉得非常有趣。他大声地笑了起来。

"我姑婆爱迪丝也开过刀,"他说,"取出肚子里的东西,已经复原了。"

他的口气似乎有点失望。

"很难查探出里面有什么。"塔彭丝说。

"可以像打破深蓝的陶凳那样打碎它。"汤米说。

"看来也只能这样了。且慢,你们看,陶凳上方这些S型的小槽真是好奇怪啊。东西可以像放进邮筒那样从这里放进去。"

"是的,"汤米说,"完全放得进去,很有趣的想法。克拉伦斯,你这想法很好。"

克拉伦斯听了非常高兴。

"可以打开底盖。"他说。

"底盖能打开?"塔彭丝问,"这是谁告诉你的?"

"伊萨克告诉我的。我曾看他掀开过好几次。翻过来朝上,先转动底盖,有时很难转开。滴一点油在盖子周围的空隙里,油的润滑作用起效以后,就能转得动了。"

"哦,是这样啊。"

"很容易就能把它翻身朝上。"

"这里的东西都必须翻身朝上,"塔彭丝说,"玛蒂尔德开刀前我们也给它翻了个身。"

起初,剑桥的底盖岿然不动。突然间,盖子开始转动起来,过不久就完全旋开,可以轻易卸下了。

"里面一定装满了垃圾。"克拉伦斯说。

汉尼拔过来帮忙,它是条事事都要插手的狗狗。觉得凡事如果不插上一爪,就完全成不了。但它是用鼻子帮助调查的。它把鼻子伸进去,低吟一声,然后后退坐下。

"看来它很不喜欢。"塔彭丝说着便开始探寻那令人发毛的凳子内部。

"哦!"克拉伦斯惊呼。

"你怎么啦?"

"手被剐住了。有一些东西挂在侧面的钉子上。不知道是不是钉子。哦,这是什么啊!"

"呜,呜。"汉尼拔大声附和。

"有东西挂在内侧的钉子上。好,被我拿到了。哎呀,怎么这么滑。不错,总算拿到了。"

克拉伦斯取出黑色防水布制成的包裹。

汉尼拔走过来,坐在塔彭丝脚边,发出低吟。

"汉尼拔,你怎么啦?"塔彭丝说。

汉尼拔又低叫一声。塔彭丝俯身抚摸它的头和耳朵。

"汉尼拔,你怎么啦?"塔彭丝又问了一遍,"你以为牛津可以获胜,想不到却是剑桥取得了胜利。是不是这让你不高兴了?"塔彭丝转而对汤米说,"还记得以前我们让汉尼拔看电视上划船比赛的情景吧?"

"记得。"汤米说,"比赛快结束的时候,汉尼拔气得狂叫,害得我们连声音都听不见。"

"但可以看到画面,"塔彭丝说,"还算不错。你记得吗?汉尼拔不想让剑桥赢。"

"是的,"汤米说,"它在牛津犬类大学读过书。"

汉尼拔离开塔彭丝向汤米走去,满意地摇着尾巴。

"听你这么说,它很高兴,"塔彭丝说,"它可能只在犬类的一般开放大学受过教育吧!"

"攻读什么呢?"汤米笑着说。

"骨头的处理方法。"

"它是得学学。"

"是啊,"塔彭丝说,"它的确不太擅长处理骨头。之前阿尔伯特曾给它一整块羊骨头。起先它把骨头推到起居室的椅垫底下。我把它赶到花园,把门关起来。然后从窗口观看,看到它跑进种剑兰的花坛,小心翼翼地把骨头埋在那里,把骨头藏好。它不吃,先藏起来,以备不时之需。"

"后来又把它挖出来了吗?"克拉伦斯想探明狗学研究的这一关键问题。

"应该是的,"塔彭丝说,"也许骨头是越埋越香的吧。"

"我家的狗不喜欢狗粮。"克拉伦斯说。

"不错,"塔彭丝说,"狗会先吃肉。"

"我家的狗喜欢吃松糕。"

汉尼拔闻着刚从剑桥挖出来的战利品,蓦地回头吠了起来。

"看看外面有没有人,"塔彭丝说,"也许是园丁。最近,赫林夫人告诉我,她认识一个老人家,以前是个很好的园丁。现在还替人干活。"

汤米开门出去。汉尼拔也跟了出去。

"没有人啊。"汤米说。

汉尼拔叫了起来。先从低吟开始,吠叫声逐渐变大。

"它觉得茂密的蒲苇丛中藏了什么东西,"汤米说,"也许有人挖出了它藏的骨头,也许那里有兔子。若是兔子,汉尼拔就显得非常笨拙。没有受到鼓励,它就不会想追过去。它对兔子似乎很友善。如果是鸽子或大鸟,它就会追过去。不过不会去捉它们。"

汉尼拔在蒲苇丛四周闻个不停,先发出低吟,随即大声吠叫。而且不时回头望着汤米。

"也许是只猫,"汤米说,"知道附近有猫的时候,汉尼拔常表现出这个样子。一只大黑猫和一只小猫爱跑过来玩,我们把小的那只称为基蒂猫。"

"那只猫常跑进屋,"塔彭丝说,"似乎是从很小的空隙钻进来的。汉尼拔,别叫了,我们回去吧。"

汉尼拔听到塔彭丝的话,转过头,表情非常严肃。它看了一眼塔彭丝,往回跑几步,然后又把注意力投向蒲苇丛,再次狂叫了起来。

"一定有什么事情引起了它的注意,"汤米说,"汉尼拔,你给我过来。"

汉尼拔摆了摆身体,摇摇头,看看汤米,又看看塔彭丝,随即大声吠叫,猛地朝银蒲苇丛扑去。

突然响起两声尖锐的枪声。

"天哪,有人在打兔子。"塔彭丝大叫。

"回去!塔彭丝,快回到KK去。"

不知什么东西从汤米耳边飞过。汉尼拔集中起所有精神在蒲苇丛周边跑来跑去，汤米跟在后面奔跑。

"它在追人——"汤米说，"有人在向山那边逃。汉尼拔疯了似的追过去了。"

"它在追谁？——到底是怎么回事？"塔彭丝问。

"塔彭丝，你没事吧？"

"怎么会没事啊，"塔彭丝说，"不知什么东西打在肩膀的下方。这——这到底是什么啊？"

"蒲苇丛中有人狙击我们。"

"有人在监视我们的一举一动，"塔彭丝说，"真会有这种事吗？"

"我猜是爱尔兰人，"克拉伦斯兴高采烈地说，"爱尔兰共和军的人一直打算把这里给炸平。"

"这事应该和政治无关。"塔彭丝说。

"回屋去，"汤米说，"快回屋去。克拉伦斯，你最好也来。"

"那条狗不会咬我吧？"克拉伦斯不安地问。

"不会，"汤米说，"它正忙着呢。"

他们折向花园门口，汉尼拔突然出现了。它喘着气跑上山，然后又跑了回来，用狗的方式和汤米交流。它走到汤米身旁，扭动着身体，前腿扑在汤米的膝盖上，衔着裤腿，试图把汤米拉向刚才奔跑的方向。

"它要我跟它一起去追刚才那家伙。"

"算了，别去追了，"塔彭丝说，"要是对方带了手枪或猎枪，你难免会遭到袭击，你年纪这么大，要是有什么三长两短，将来谁来照顾我？走，我们回房里去。"

三人匆忙走回屋里。汤米到大厅里去打电话。

"你准备干什么?"塔彭丝说。

"给警察打电话,"汤米说,"我不会轻易放过这种事。现在联系的话,也许可以抓到凶手。"

"我的肩部下方被子弹刮了一下,"塔彭丝说,"必须好好处理。我的工作服上沾了血,这可是我最好的工作服啊!"

"别为你的工作服惋惜。"

阿尔伯特拿来急救需要的必需品。

"怎么回事?竟然有人想要夫人的命!这个国家到底是怎么了?"

"最好去医院看看吧。"

"不,没关系,"塔彭丝说,"涂上复方安息香酊,再贴上块创可贴就行。"

"我这儿有碘酒。"

"我不用火辣辣的碘酒。最近医院里的人说,碘酒对人反而有害。"

"复方安息香酊是用吸入器吸进呼出的吧。"阿尔伯特说。

"这也是一种用法。抓伤、擦伤或儿童划伤的时候,涂上安息香酊非常有效,你把东西收好没有?"

"塔彭丝,你到底在说什么?"

"刚才从剑桥·罗恩格林里取出来的那个东西,也许非常重要,他们看见我们拿到了。如果他们为此要杀我们——并且试图把它抢走——那一定非常重要!"

第十一章 汉尼拔采取行动

在警察办公室里,汤米与督察相对而坐,诺里斯探长缓缓对他点了点头。

"贝尔斯福德先生,也许我们能有所突破,"他说,"据说克罗斯费德大夫正在为你妻子进行治疗。"

"是的,并不是很严重,只是子弹擦伤,但流了很多血,希望她很快会好起来,克罗斯费德大夫说不会有什么危险。"

"她并不年轻了吧?"诺里斯探长说。

"她已经年过七十,"汤米说,"我们两个越来越老了。"

"是啊,"诺里斯探长说,"你们住到这儿来以后,我听说了很多有关她的事情。人们对她的评价很高。我们知道了很多你和她的英雄往事。"

"过奖了,谈不上什么英雄。"汤米说。

"无论好坏,过去的经历是抹不掉的,"诺里斯探长沉稳地说,"有前科的人,他犯下的罪孽会跟随一生;英雄也是一样,光荣的事迹会永远随行。我可以向你保证一件事,我们会尽全力解决这次的案子。你大概无法描述凶手的相貌吧?"

"不能,"汤米说,"看见他的时候,他正被我家的狗追逐,奔逃而去。他跑得很轻快。年纪应该不会很大。"

"十四五岁是最难应付的年纪。"

"比这要大。"

"不会是用电话或信件勒索的案子吧?"督察说,"也许要你们搬出现在的房子?"

"不,"汤米说,"不是这类。"

"你们搬来多久了?"

汤米告诉了他。

"还没多久嘛。这一周的大多数时间你都在伦敦吗?"

"是的,"汤米说。"如果想知道详情的话——"

"不,"诺里斯探长说,"详情不必说了。我只想说——你最好不要常常离开。如果你能待在家里,照顾夫人……"

"我早就想这样做了,"汤米说,"我想大可以用这个借口来推掉伦敦的种种聚会。"

"我们会尽全力警戒,但如果不能捉拿到凶手……"

"你——我也许不该这样问——是不是知道凶手是谁?你知道他是谁或这样做的原因吗?"

"我们对这一带的人了解很多,比他们所认为的要多。有时,我们并没有表现出知道很多的样子,想在最后关头逮捕凶犯,这是最好的方法。这样就可以知道谁跟他们联手,谁提供金钱支援,如何计划犯罪等。但我觉得——没错,我觉得这个案件的凶犯可能不是我们这些地方警察管辖的人。"

"为什么会有这种想法?"汤米问。

"说不上为什么,有各种消息传来——从各地警察局传来的消息。"

汤米和探长互相看看,约有五分钟的时间两人都没有开口,只是彼此看着对方。

"原来如此,"汤米说,"我——我了解了,是的,我也许了解了。"

"如果能让我提个建议——"诺里斯探长说。

"什么建议?"汤米狐疑地问。

"我想说你家的花园必须稍加整理。"

"你也许知道我们的园丁被杀了吧?"

"当然知道,是伊萨克·波多黎科吧?他是个很有意思的老人家。常吹嘘他年轻时代的事,有时会夸大其词。不过,他是个很有名望的人,非常值得信任。"

"我真看不出他为什么会被杀或是被谁杀了。似乎没人知道,也没有人查出个结果。"

"你是说警察没有查出个结果吗?这种事要花点时间。虽然已经验过尸,验尸官也下结论说:'为不明人物所害。'但仅此无法查出凶嫌。总的来说,这只是开端。刚才我想告诉你的是,有一个人会去找你,问你是不是要雇一个园丁。他会说他一星期可以来两三天,甚至更多天。如果要问他的保证人,他会说他曾在所罗门先生那里工作过好几年,记住所罗门先生这个名字,好吗?"

"所罗门先生吗?"汤米问。

诺里斯探长的眼睛似乎亮了一下。

"是的,他去世了,我指的是所罗门先生。不过,他以前确实住在这村子里,雇过好几个打日工的园丁。我不知道去见你的人叫什么,确实记不清了。应该是几个中的一个——好像是克里斯宾。这个人年纪在三十五到五十之间,曾为所罗门先生工作。如果有人找你,说他愿意以打工的方式担任园艺工作,却没提及所罗门先生,如果碰到这种情况,你绝对不要雇用他,这是我给你的小小警告。"

"我明白了,"汤米说,"我想我已经抓到了重点。"

"这一点非常重要,"诺里斯探长说,"贝尔斯福德先生,你领悟得很快。这种事在你过去的活动中常常体验到吧?还有什么想问我的吗?"

"好像没有,"汤米说,"我真不知道该问些什么。"

"我们会着手侦查,未必只局限在这个村子里,还可能去伦敦或其他地方。我们会尽全力侦办,你明白吗?"

"我也尽力不让塔彭丝介入太深,可这很不容易。"

"女人往往很难应付。"诺里斯探长说。

过后不久,汤米坐在塔彭丝旁边看她吃葡萄,再次发现探长说得没错。

"你真的连葡萄籽也吃下去了吗?"

"我常这样,"塔彭丝说,"吐葡萄籽不是太麻烦了吗?吃了又不会有什么害处。"

"唔,如果葡萄籽一直以来都没对你造成过伤害,那以后应该也不会。"汤米说。

"警方说了些什么?"

"和我们预料得差不多。"

"他们对凶手有什么看法?"

"他们说可能不是本地人。"

"你去见的是什么人?是沃特森探长吗?"

"不是。我今天见的是诺里斯探长。"

"这个人我不认识,他还说了些什么?"

"他说女人往往很难应付。"

"真是的!"塔彭丝说,"他知道你会回来告诉我吧?"

"也许不知道,"汤米站起身说,"我必须打一两个电话到伦敦去。这几天我不去伦敦了。"

"该去还是去吧！我在这儿绝对安全！阿尔伯特会照顾我。克罗斯费尔德大夫这人也非常好，简直就像母鸡孵蛋一样关心我。"

"等下我要替阿尔伯特去买东西，你要些什么？"

"是要带些东西，"塔彭丝说，"替我买些甜瓜回来，我想吃水果，只想吃水果。"

"没问题。"汤米说。

汤米拨通伦敦的电话号码。

"是派克威上校吗？"

"是的。你是托马斯·贝尔斯福德吧？"

"对，你应该能听得出我的声音，我想告诉你——"

"我已经听说了塔彭丝的事，"派克威上校说，"不必说了，你就在家待一两天吧，待上一周都没事，不必到伦敦来。如果有什么事情的话，我会及时通知到你的。"

"我们有些东西要带给你。"

"暂时保存在你那里吧。告诉塔彭丝，要她找个地方藏起来。"

"和我们家的狗一样，她很擅长做这种事。我家的狗会把骨头藏在花园里。"

"听说它追逐狙击你们的家伙，还看到他逃了——"

"你好像什么都知道。"

"我们的确什么都知道。"派克威上校说。

"我家的狗咬了凶手，还衔了凶手裤子的碎片回来呢。"

第十二章 牛津、剑桥和罗恩格林

"你来了啊,"派克威上校喷着烟说,"这么紧急地叫你来,实在很抱歉。不过,我认为最好还是找你来谈谈。"

"想必你已经知道了,"汤米说,"我和内人最近发生了一些意外。"

"哦!你为什么认为我知道?"

"因为你一向无所不知。"

派克威上校笑了。

"哈!引用我说过的话来回应我?不错,这话是我说的。我们是吃这行饭的。她逃脱了吧,我是说尊夫人。"

"没那么惊险,但事情有可能变得很严重。详情你已大致了解,要我再告诉你吗?"

"那就简单说说吧,有些我还没听说,"派克威上校说,"比如罗恩格林。格林-亨-罗。她的感觉真敏锐,绝不会漏失关键所在。乍看似乎是无聊的问题,结果却不然。"

"我今天把东西带来了。在来看你之前,我们一直把它藏在装面粉的容器里,我不喜欢邮寄。"

"那当然不行——"

"是种铁罐——不能说是铁罐,挂在罗恩格林里的是种比铁更好的金属罐子。淡蓝色的那只罗恩格林。是那只叫'剑桥'的维多利亚时代的陶瓷凳子。"

"我记得以前看到过。住在乡下的婶婶也有一对。"

"盒子用防水布包住,丝毫未受损害,里头放了信件,信已经很破旧,如果能有专家——"

"这种事我们可以处理得很好。"

"那就麻烦你们了,"汤米说,"还有,我为你把我和塔彭丝记下的事项做成了一览表,都是我们注意到或别人告诉我们的事。"

"是些名字吗?"

"有三四个名字。还有牛津和剑桥的线索,以及住在村里的牛津和剑桥学生的故事——这没什么意思,因为所谓'牛津'、'剑桥'只是指陶制凳子罗恩格林而已。"

"是的——是的——是的,有些也许相当有趣。"

"遭到袭击后,"汤米说,"我自然在第一时间向警方报告了。"

"那是应该的。"

"第二天我被传到警察局,跟诺里斯探长见了面。我以前没见过他。我想他一定是新来的。"

"可能是去执行特别任务的吧。"他一边说一边吐出更多的烟。

汤米咳嗽了几声。

"我想你一定很了解诺里斯探长。"

"很了解,因为我们什么都知道。他负责侦办这次的案子,这就不会有问题。要寻找那个跟踪、探查你们的人,地方警察也许更适合。贝尔斯福德,你最好暂时带夫人离开那儿,你看这样如何?"

"我想我做不到。"汤米说。

"你是说她不会答应吗?"派克威上校说。

"我又要再说一遍那句话了,你真的无所不知。塔彭丝这个人根本不听劝,她没受重伤,也没生病,而且现在——她觉得我们终于抓到了线索。虽然不知道那是什么线索,也不知道要发现什么或该做什么。"

"四处闻闻,"派克威上校说,"对付这类案件只能这样做。"他用指甲敲着金属盒,"这个小盒子大概会告诉我们一些事情,一些我们很早就想知道的事:几十年前,到底谁在幕后操纵,做过多少肮脏的事情。"

"但他必定已经——"

"我知道你想说什么,你想说不管是谁,现在必定已经去世了,是不是?的确如此。不过,这盒子会告诉我们,过去发生过什么事情,它是怎么发生的?背后的支持者和继承者又是哪些人?那以后活动是否仍在继续。这看来似乎并不重要,但其实可能有出乎意料的大人物牵涉在内。可能现在还有人跟这团体——最近不管什么都称为团体——有接触。团体成员可能被不同的人所取代,但他们仍然怀着同样的想法,仍然跟以前的成员一样喜欢暴力和邪恶,并跟外面的团体取得联系。其中也有没问题的团体,但有问题的团体因为抱成团反而更难收拾。这是一种战术。过去的五十年到一百年使我们见多了这种事。它告诉我们,人数虽少,但紧密相连的暴力团体往往更加可怕,他们会亲自下手或唆使别人做任何事情。"

"我可以问个问题吗?"

"尽管问吧,"派克威说,"我们什么事都知道。但是未必肯回答,我要先提醒你这点。"

"所罗门这个名字对你有什么意义吗?"

"所罗门先生,"派克威上校说,"你是从谁那儿听到这个名字的?"

"诺里斯探长提过。"

"原来如此,如果是诺里斯说的就错不了。这样说吧,你无法跟所罗门见面,老实说,他已经死了。"

"哦,"汤米说,"我懂了。"

"你没有完全懂,"派克威上校说,"我们有时会借用他的名字。有可以借用的名字实在很方便。实际存在过的人物,死后仍受附近的人尊敬,这种人的名字最好用了。你们搬到'月桂山庄'是个非常好的机会。我们希望这会带来一些好运。但我们不希望给你或夫人带来不幸。你们最好对身边的人和事都抱有怀疑的态度。"

"在那儿我只相信两个人,"汤米说,"一个是阿尔伯特,他为我们工作很久了——"

"我记得阿尔伯特。是个红发的年轻人对吗?"

"很难说是年轻人了——"

"另一个呢?"

"我的狗汉尼拔。"

"不错——也许能派上用处。记得华兹博士写过一首赞美歌,开头是'狗以吠叫咬人为乐,那是它们的本性'——什么狗?是条狼狗吗?"

"不,是条曼彻斯特犬。"

"哦,是黑色和褐色相间的家伙。不像杜宾犬那么大,但很守本分。"

第十三章 穆林斯小姐的来访

塔彭丝在花园的小路上散步,阿尔伯特从屋里疾步走来,唤道:"一位女士想见你。"

"女士?哪位女士?"

"她说是穆林斯小姐。村里的一位女士让她来见你。"

"知道了,"塔彭丝说,"是关于花园的事吧?"

"是的,她提起了花园。"

"那最好请她进来。"

"好的,夫人。"阿尔伯特以有经验的管家口气说。

他回到屋里,不久便领着一个穿斜纹呢裤和蓝色厚外套,身材高大得像男子般的女人进来了。

"今天早晨的风很冷。"她说。

她的声音粗放而有些沙哑。

"我叫爱丽丝·穆林斯。格里芬夫人叫我来见你,你需要人帮助做园艺工作,是不是?"

"你好,"塔彭丝握了握她的手说,"非常高兴见到你。是的,我们正在找人帮忙。"

"你们刚搬来是吗?"

"似乎已经过了好几年,"塔彭丝说,"常有工人进进出出。"

"确实,"穆林斯以深沉沙哑的声音笑着说,"我知道工人来时会是怎么样。最好别把所有的装修都委托给他们,委托给他们以后他们往往什么事都完成不了,搬来后又必须请工人收拾未完成的工作。好漂亮的花园!可惜有点荒废。"

"没错,前面的住户不太整理花园。"

"是琼斯一家吗?我不怎么认识他们。我一直住在镇上靠沼泽的那一边。我常定期去附近两家工作,其中一家一周去两天,另一家去一天。说真的,要整理好花园,一天实在不够。你雇过老伊萨克吧?他是个好人。真叫人痛心,竟被不择对象、类似于疯狂游击队这样的人给杀了!一星期前进行了验尸询问,是不是?据说还没有发现凶手。那些家伙组织了一个小分队到处乱晃,而且会从背后勒人脖子,实在恶劣得很。一般说来,越年轻的小孩子越坏。不错,有漂亮的玉兰。是二乔玉兰吧?不论从哪个角度来看,这都是最好的玉兰。人们都喜欢异国品种,但种玉兰的话还是这种平平常常的更好。"

"老实说,我们很想种点蔬菜。"

"你想自己弄个菜园吗?这方面人们以往关注得不多。大家都很偷懒,认为蔬菜可以买来吃,不愿意亲自去种植。"

"我以前很想种新鲜的马铃薯和豌豆,"塔彭丝说,"还想种扁豆。这样才可以吃到鲜嫩的东西。"

"是的。还可以种红花芸豆。园丁大都以自己种植的红花芸豆为荣,能长到一英尺半,那样的才是好豆子,还能在当地展会上获奖呢。不过你说得很对,鲜嫩的蔬菜的确很好吃。"

阿尔伯特突然出现在她们面前。

"夫人,雷德克里夫夫人来电话,问你明天能不能一起吃午饭。"

"告诉她我不能去,"塔彭丝说,"明天恐怕得到伦敦去一趟,哦——阿尔伯特，等一下，我要留几个字。"

她从包里取出便笺纸，写了两三句话交给阿尔伯特。

"告诉贝尔斯福德先生，"她说，"告诉他穆林斯小姐在这里，我们在花园。我忘了他要我做的事了，他正在写信，把他要的名字和住址告诉他。我都写在这里了——"

"好的，夫人。"阿尔伯特说，随即便消失不见了。

塔彭丝把话题又转回到蔬菜上。

"我想你一定很忙，"她说，"一星期要出来工作三天一定很忙吧。"

"是的，要从镇子的那边过来。我住在镇子的另一边。在那儿有幢小房子。"

这时汤米从屋子那边走过来，汉尼拔绕着圈跟他过来。汉尼拔走到塔彭丝身旁，接着突然停住了步子，大叫着扑向穆林斯小姐。穆林斯小姐吓得倒退了两三步。

"我家的狗确实蛮可怕的，"塔彭丝说，"不过不会真正咬人，它极少咬人。一般来说，它只想去咬邮递员。"

"所有的狗都咬邮递员，或想咬邮递员。"穆林斯小姐说。

"它是条非常好的看门狗，"塔彭丝说，"是曼彻斯特种，这种狗都是很好的看门狗，会看家。它不让任何人接近房子，进到家里。它也非常关心我。它一定把守护我作为此生最重要的任务了。"

"不错，有这样一条狗真是好极了。"

"现在到处都有小偷，"塔彭丝说，"我们的朋友中遭窃的相当多。甚至有小偷大白天用超常规的办法潜入。化装成擦窗工人爬上梯子取下窗框。总之，鬼点子无所不用，所以说，家有猛犬，如有一宝。"

"你说得很对。"

"这是我先生,"塔彭丝说,"汤米,这位是穆林斯小姐。格里芬夫人好意告诉她,我们正在找人做园艺。"

"穆林斯小组,你的工作不会太多了吧?"

"不算多,"穆林斯小组用天生的粗嗓门说,"我可以替人挖土掘地。挖土掘地也要有诀窍。不仅是甜豌豆,其实所有东西都需挖土施肥,土地必须先整理好。这是种好蔬菜和花卉的基础。"

汉尼拔继续叫个不停。

"汤米,"塔彭丝说,"你最好把汉尼拔带进屋里。今天早晨它显得相当亢奋。"

"好。"汤米说。

"到屋里坐,"塔彭丝对穆林斯小姐说,"喝点饮料好吗?天气有点热,喝点东西比较舒服!我们也可以商量一下工作上的事。"

汉尼拔被关进厨房,穆林斯小姐喝了杯雪利酒。谈了一会儿,穆林斯小姐看看表说,她必须得回去了。

"我跟人有约,迟到就糟了。"她匆匆道别,然后就回去了。

"她看起来好像很不错。"塔彭丝说。

"是的。"汤米说,"但谁都不能轻易信任——"

"有什么问题吗?"塔彭丝狐疑地问。

"你在花园里四处走,一定已经很累了。下午的调查就免了吧,我们可以改天再去——你必须好好休息休息。"

第十四章 花园战役

"阿尔伯特,你理解了吧?"汤米说。

汤米和阿尔伯特在餐具室里。阿尔伯特正在清洗从塔彭丝卧室拿来的茶具。

"是的,先生,"阿尔伯特说,"我理解了。"

"我想我们能提前得到警报——从汉尼拔那里。"

"从某些方面来说,它真是一条好狗,"阿尔伯特说,"当然,不是对每个人都好。"

"是的,"汤米说,"这不是它的工作。它不会礼貌地迎接盗贼,不会向不认识的人摇尾。汉尼拔很懂事。我曾经对你解释过吧?"

"是的。可究竟怎么办呢?如果夫人——我是按夫人所说的去做,还是把你所说的告诉她,或者——"

"我想你必须随机应变,"汤米说,"我要她今天躺在床上,就麻烦你照顾了。"

阿尔伯特打开前门,一个穿斜纹西装的男子站在那里。

阿尔伯特疑惑地看着汤米。客人走进门,露出友善的笑容,向前跨进一步。

"贝尔斯福德先生吗?听说你正找人帮忙做园艺——你们是最近才搬来的吧?从车道上走过来时,我注意到这里的花园很是荒芜。两年前我曾在这里工作——当时住在这里的是所罗门先生——你或许听过他的名字。"

"所罗门先生吗？是的，我听有人提到过他。"

"我叫克里斯宾，安卡斯·克里斯宾。我们去看看花园的情形吧。"

"花园完全变了。"克里斯宾在汤米的引导下参观了花坛和菜园。

"菜园小径边曾经种满菠菜，后面是栅栏。当时还种甜瓜。"

"这里的事你好像很了解。"克里斯宾先生说。

"是的。人们常常会听说许多和过去有关的事情。老夫人们会谈论花坛，亚历山大·帕金森会把洋地黄叶子的事告诉他的朋友们。"

"他一定是个很聪明的孩子。"

"亚历山大很有主见，对犯罪方面的事情也很感兴趣，他甚至在史蒂文森的《黑箭》中留下了密码。"

"那本书相当有趣，我在五年前读过。在那之前，我只看一本名叫《绑架》的小说。当时我正在为——"说到这里，克里斯宾先生突然间沉默了。

"为所罗门先生工作吗？"汤米说。

"是的。是这个名字。我听说过一些事情，从老伊萨克那里听说过一些事情。如果最近听说的传闻没错，那老伊萨克已经快一百岁了，也曾经为你们工作过。"

"是的，"汤米说，"他的高寿的确很惊人。他知道很多事情，还把这些事情讲给我们听，连自己都记不太清的事情也告诉了我们。"

"是啊，他喜欢过去的那些传闻。他的亲人仍然住在村里，他们都听过他的故事。你们一定也听了不少。"

"我们把至今为止听到过的名字列成了一张表。这些过去的名字自然对我没有任何意义,没有任何意义。"

"全是道听途说来的名字吗?"

"几乎全是。大部分是我妻子听到并记下的,再做成一览表。不知里面的名字是不是真的有意义。事实上,我也有一张表,昨天收到的。"

"是什么表啊?"

"人口普查表,"汤米说,"这里曾经实施过人口普查——我记下了普查日期,我可以拿给你看——那天晚上住在这儿的人都记在了普查表上。当天这里曾举行过盛大的宴会。"

"这么说,你知道那天都有什么人在这里喽?那应该是个非常有趣的宴会。"

"是的。"汤米说。

"那或许会有帮助,也许具有相当重要的意义。你们搬到这里一定还没多久吧?"

"是的,"汤米说,"只是我们也许要搬到别的地方了。"

"你们不喜欢这里吗?这是幢很好的房子啊。这个花园——这个花园一定会变得非常棒。这些灌木很不错——虽然必须除掉一点多余的树木、灌木林和不会开花的花床。有些花床绝对不会再开花的。真不懂你们为什么想搬走。"

"这里的过去让人觉得很不舒服。"汤米说。

"过去有什么要紧的?"克里斯宾问,"为什么要把现在和过去联系在一起呢?"

"人们都以为过去无关紧要。然而过去总会留下些痕迹,尽管不是到处都有,但只要一谈到她或他,这些人就会从过去的岁月中苏醒过来。你真的准备——"

"你是说做打零工的园艺工作吗？是的，请让我试试。我对园艺工作很感兴趣。可以说——这是我的一个小兴趣。"

"昨天穆林斯小姐来过了。"

"穆林斯？穆林斯吗？她也会园艺吗？"

"大概是的，她是一位太太——我想是格里芬夫人——向我妻子提起，并且让她来找我们的。"

"你们决定雇用了？"

"还没决定，"汤米说，"其实，我们有一条非常忠实的曼彻斯特犬。"

"曼彻斯特犬对主人确实非常忠心。你家的狗一定认为保护夫人是它的责任，不会让她独自出门，一定会常伴在她左右。"

"确实如此，"汤米说，"它会把胆敢触及我妻子的人都撕成碎片。"

"真是条好狗。情深又忠诚，结实而牙齿尖利。我最好也小心一点。"

"现在不要紧，已经被我关在厨房里了。"

"穆林斯小姐，"克里斯宾沉思着说，"这倒很是有趣。"

"为什么会觉得有趣？"

"我想是因为——是因为我不知道穆林斯这个人是谁，她五十多岁吗？"

"是的，非常男子气的女人，有点土气。"

"这个人一定和这幢房子有关。要是伊萨克在，一定会告诉你很多她的事。听说她不久前刚刚回到这儿。你们要小心，许多事情都是相互关联的。"

"对这幢房子，你似乎知道一些我不知道的事。"汤米说。

"没那回事。伊萨克可以告诉你许多,因为他知道得多。虽然只是没什么意义的陈年旧事,但他都能记住。在老年人俱乐部,大家也一再谈论这种事。他们谈论的往事有些毫无根据,有些则是事实。实在很有趣。伊萨克会遇到那种事情——也许是因为他知道得太多了。"

"伊萨克真是可怜,"汤米说,"我想替他报仇。他是个好人,对我们也很好。只要我们开口,他就尽全力帮我们。走,我们去花园看看。"

第十五章 汉尼拔和克里斯宾先生一起服役

阿尔伯特轻敲卧室的门。在塔彭丝的"请进"声中,他在门边露出半张脸。

"前几天早上来访的穆林斯小姐又来了,"他说,"她有话要跟你谈,应该是有关花园的事。我说你在休息,不知道能不能见她。"

"阿尔伯特,说话别拐弯抹角,"塔彭丝说,"好吧,我这就去见她。"

"我正要带早上的咖啡过来。"

"记住带两个杯子。咖啡够两人喝的吧?"

"是的,夫人。"

"拿来以后放在那边的桌子上,然后请穆林斯小姐来。"

"汉尼拔呢?带到下面关在厨房,好吗?"

"它不喜欢被关进厨房。把它推进浴室,关上门就行。"

汉尼拔对这般侮辱非常气愤,它拼命抵抗,但最后还是被送入浴室,关上了门。关进浴室之后,汉尼拔又狂叫了好几次。

"别叫啦!"塔彭丝斥责道,"别叫!"

汉尼拔终于服从了命令。它伸长前腿趴在地上,把鼻子伸进门下的空隙,发出冗长而无人领会的低吟。

"贝尔斯福德夫人,"穆林斯说,"我没打扰你吧?我这有本园艺书，我想你一定很想看，里面写了现在该播种的植物。另外还介绍了一些珍稀又很有情趣的灌木。有人说这类灌林不适合这儿的土质，但其实非常适合——哎呀，你可真好！我很喜欢咖啡，我来帮你倒吧。在床上可不好倒。也许——"穆林斯望着阿尔伯特，阿尔伯特拉过来一把椅子。

"小姐，这样行吗？"阿尔伯特问。

"很好。你听，楼下是不是响铃了。"

"大概是送牛奶的，"阿尔伯特说，"也可能是食品店的。今天是食品店送东西来的日子。对不起，我下去一会儿。"

阿尔伯特走出房间，汉尼拔又发出低吟声。

"是我家的狗。"塔彭丝说，"我不让它参与我们的聚会，它非常生气。但放它出来，它又会很烦人。"

"夫人，要加方糖吗？"

"只要一块。"塔彭丝说。

穆林斯小姐倒咖啡。塔彭丝说："黑糖也行。"

穆林斯小姐把咖啡放在塔彭丝身旁，然后去倒自己的那一份。

她突然绊倒，抓住近旁的桌子，狼狈地叫了一声，跪在地板上。

"没受伤吧？"塔彭丝问。

"没有，但打碎了花瓶。不知道绊到了什么——我真是笨——这么漂亮的花瓶被我打碎了。夫人，不知你怎么看，我向你保证这只是一次意外。"

"我了解，"塔彭丝和蔼地说，"让我看看。没事的，似乎没什么要紧。碎成了两片，可以把它们拼上粘起来。接合的地方不会很明显。"

"我仍然觉得很过意不去,"穆林斯小姐说,"你一定很不高兴。我今天实在不该来打扰,但我有些话必须告诉你。"

汉尼拔又开始大叫。

"好可怜,"穆林斯小姐说,"放它出来好吗?"

"最好不要,"塔彭丝说,"它有时候非常不让人省心。"

"哦,楼下的铃又响了吧?"

"不,"塔彭丝说,"我想是电话铃。"

"我去接行吗?"

"阿尔伯特会去接的,有事他会转告我。"

但接电话的是汤米。

"你好,"汤米说,"是真的吗?嗯,知道了。你说谁?我知道——我知道了。是敌人。真正的敌人。没关系。我们会采取对策的。是的,非常感谢。"

汤米挂上电话,看着克里斯宾先生。

"是警报吗?"克里斯宾问。

"是的。"

汤米仍然注视着克里斯宾先生。

"谁是敌人,谁是朋友,这点很难了解,是吧?"

"知道的时候往往已经太晚。所谓的'命运之门,灾厄之洞'就是这个意思。"

克里斯宾有点吃惊地望着汤米。

"对不起,"汤米说,"搬到这儿来以后,我们夫妻养成了话里夹杂诗句的习惯。"

"是弗莱克尔的诗吗?是《巴格达之门》,还是《大马士革之门》?"

"我们上楼去好吗?"汤米说,"塔彭丝只是在休息,她并没有生病,甚至连伤风都没有。"

"我刚刚送了咖啡去。"阿尔伯特突然出现了,"同时还送了一杯给穆林斯小姐。她带来园艺书给夫人看。"

"真的吗?"汤米问,"原来如此。一切都很顺利。汉尼拔在哪儿?"

"被关在浴室里了。"

"门关得紧吗?它可不喜欢被关起来。"

"不是很紧。"

汤米走上楼,克里斯宾紧跟其后。汤米轻轻敲门,然后走进去,汉尼拔在浴室里狂吠,突然扑到门上。门闩一取下,汉尼拔立即飞奔入卧室。它看了一眼克里斯宾先生,从他身边奔过,凶猛地低吼着,猛地扑向穆林斯小姐。

"天哪,"塔彭丝叹道,"我的天哪!"

"好了,汉尼拔。"汤米说,"真是好孩子,你认为如何?"

汤米回头看着克里斯宾先生。

"它认识它的敌人——和你们的敌人。"

"汉尼拔曾经咬过她吗?"塔彭丝问道。

"讨厌的小杂种!"穆林斯小姐蹬起脚,恶狠狠地朝汉尼拔骂了一句。

"你被这条狗咬,这是第二次了吧?"汤米说,"它曾经把你从蒲苇丛里追出来,是不是?"

"这条狗什么都知道。"克里斯宾先生说,"该叫你多多,是不是?多多,好久没见了。"

穆林斯小姐从椅子上站起来,瞥了塔彭丝、汤米和克里斯宾先生一眼。

"穆林斯,"克里斯宾先生说,"对不起,我已经有点跟不上形势了。你是婚后改姓穆林斯，还是娘家姓就是穆林斯的啊？"

"我从生下来就叫爱丽丝·穆林斯。"

"但我只知道你是多多。对我来说，你一直都是多多。能跟你见面真好。不过我觉得我们最好还是尽快从这里消失。喝杯咖啡吧，我想这一杯应该没问题。您是贝尔斯福德夫人吗？很高兴见到您。听我一个劝，绝对不要去碰那杯咖啡。"

"好的，我这就把它拿走。"

穆林斯小姐急忙向前走去。克里斯宾立刻挡在她和塔彭丝之间。

"多多，别想这么干，"他说，"这里由我做主。杯子是这屋子里的，以现在的情况，分析一下咖啡的成分一定很有意思。你带来了毒药，是不是？把杯子递给病人或被认为生病的人时放毒药进去，可简单得很啊。"

"我保证我没做过这种事！快，把这条狗赶走。"

汉尼拔一心想把女人赶下楼去。

"汉尼拔希望看到你离开，"汤米说，"它对此非常热衷，它喜欢咬出门的人。阿尔伯特，你终于来了。你刚才应该正在另一扇门的门外吧。你碰巧看到刚才发生了什么事吗？"

阿尔伯特忽然从房间对面的化妆室探出头来。

"看得清清楚楚。我从门上转轴的空隙看着这个女人。没错，她确实往夫人的杯子里放了东西，非常熟练，可以和魔术师媲美。是的，她的确放了东西进去。"

"我不知道你在说什么，"穆林斯小姐说，"哎呀，我必须走啦，我另有约会，非常重要的约会。"

她奔出房间，跑下楼梯。汉尼拔看了她一眼，追踪而去。不动声色的克里斯宾先生也快步追了过去。

"穆林斯小姐的动作最好快一点，"塔彭丝说，"否则汉尼拔会立刻追上她，真是一条非常棒的看门狗。"

"塔彭丝，刚才那位是所罗门先生派来的克里斯宾先生。来得真是时候，他必定一直注意着事态的发展。在搜集证据的瓶子拿来之前，最好不要打破杯子，把咖啡给洒了。分析过后，我们就可以知道里面放了些什么了。塔彭丝，换上你最好的睡袍，我们到客厅去，午餐前最好喝上点东西。"

"我想我们也许永远不知道这意味着什么以及到底是怎么回事了。"塔彭丝说。

她非常沮丧地摇摇头，然后站起来向暖炉走去。

"要添柴吗？"汤米说，"让我来，你别动得太厉害。"

"我的手臂已经没事了，"塔彭丝说，"别这么夸张，让人以为我骨头断了呢！其实只不过是点擦伤而已。"

"别这么说，无论如何，这是明白无误的枪伤，你在战争时就受过伤。"

"这就像一场战争，"塔彭丝说，"确实如此！"

"是啊，"汤米说，"我们在穆林斯这事上处理得非常棒。"

"汉尼拔干得真不错，你觉得呢？"

"是干得不错，"汤米说，"它把真相告诉了我们，清清楚楚地告诉了我们。它义无反顾地扑向了蒲苇丛，多半是鼻子告诉它的，它的鼻子可真灵。"

"我的鼻子却没告诉我什么，反而把她看作是上天赐予我的园丁。我们只能雇用在所罗门先生家做过事的人，我几乎把这茬儿给忘了。克里斯宾先生告诉了你更多的消息吗？我猜他的本名应该不是克里斯宾。"

"也许不是。"汤米说。

"他是来做侦探工作的吗?这里的侦探可真不少啊。"

"不,他不是侦探,我想他是因为安全方面的因素被派过来的,也就是为了保护你。"

"保护我吗?"塔彭丝说,"当然也保护你,他现在在哪儿?"

"我想在处理穆林斯小姐的事。"

"奇怪,出了这么大的乱子,肚子反倒饿起来了。如同人们常说的那样肚子空了。我想吃几个热螃蟹,再配上咖喱调味的奶油酱。"

"你终于好起来了,"汤米说,"想吃东西我就放心了。"

"我没有生病,只是受了点伤,这两者可大不相同啊。"

"汉尼拔告诉你蒲苇丛中有敌人的时候,想必你和我一样清楚藏在蒲苇丛中女扮男装狙击你的是穆林斯小姐——"

"你和我都认为她会再试一次,"塔彭丝说,"我因受伤而被迫躺在床上,然后我们做了一个安排,汤米,是不是这样?"

"是的,就是这样,"汤米说,"我想她会很快得出结论:你中了子弹,受伤躺在床上。"

"于是她带着女性的温情来看我。"塔彭丝说。

"我认为我们的安排非常好,"汤米说,"我们让阿尔伯特目不转睛地注视她,监视着她的一举一动——"

"另外,"塔彭丝说,"给我端了杯咖啡,又为访客准备了一杯。"

"你没看见穆林斯——或克里斯宾称呼的多多——把东西放在了咖啡杯里吗?"

"是的,"塔彭丝说,"我的确没有看见,她似乎被什么绊了一下,抓住放着花瓶的小桌,然后不停地道歉。这时我自然会去看打碎的花瓶,心想是不是可以修好,根本没注意到她。"

"阿尔伯特却看着她。"汤米说,"他事先把铰链的空隙放大,再从那里偷看。"

"他把汉尼拔关在浴室,但门并没有闩牢。他知道汉尼拔很善于开门。把门闩得太紧的话,它就没法打开。汉尼拔打开门后猛力前扑,勇猛得像一只孟加拉虎。"

"是的,"汤米说,"这描述非常贴切。"

"那个叫克里斯宾的人应该已经结束调查了吧。在他看来,穆林斯小姐跟玛丽·乔丹或只存在于过去的乔纳桑·凯恩这类危险人物有着某种联系——"

"我觉得乔纳桑·凯恩不单只存在于过去。他的接班人或替代者也许现在还存在着。现在有许多这种喜爱暴力的年轻人,他们会不惜一切代价施以暴力,而且还组成了众多的暴力团体。此外还有新法西斯势力,他们怀念希特勒及其组织的光辉时代。"

"我正在看斯坦莱·韦曼的《汉尼拔伯爵》,"塔彭丝说,"这是他最好的作品之一,是在亚历山大的书中找到的。"

"这本书怎么了?"

"我觉得现在跟《汉尼拔伯爵》的时代非常像。也许每个时代都是如此。可怜的孩子们,他们抱着喜悦、满足感与虚荣心参加少年十字军。他们认为,上帝赋予他们解放耶路撒冷的使命,以为只要自己一去,大海就会分开,像《圣经》的摩西那样走过去。与此相仿的是,年轻姑娘和少年现在经常在法庭上出现,他们抢劫靠年金过着寒酸生活的老年人,瞄上了他们从银行提出的那一点点钱。书中描述了发生在圣·巴索洛缪的大屠杀。现在,这种事再一次发生了。新法西斯分子在不久的将来无疑会和一流的著名大学联系在一起。我想没有人会告诉我们这类事情。你真以为克里斯宾先生会找到没有人找得到的隐藏处吗？蓄水池，不错，银行抢匪常把赃物藏在蓄水池里。对藏物地点来说，蓄水池也许湿气太重了。汤米，你真觉得克里斯宾先生在做完调查之后会回来继续照顾我和你吗？"

"我不需要人照顾。"

"别逞强了。"塔彭丝说。

"我想他会来辞行的。"

"是的，他非常有礼貌。"

"他必须来确认一下你是不是完全复原了。"

"我只是受了轻伤，医生已经诊断过了。"

"克里斯宾先生对园艺非常感兴趣，"汤米说，"这点我很清楚。他以前确实在一个叫所罗门的朋友那儿工作过。所罗门先生若干年前去世了，这正好可以被用作掩护。他可以说他为所罗门先生工作过，人们也会这样相信。因此，无论何时何地，他都能被看作是个值得信任的人。"

"是的，人往往会有许多方面的考虑。"

门铃响了，汉尼拔以孟加拉虎的架势飞奔出去，准备杀死任何胆敢侵入自己守护圣域的人。汤米拿了一封信进来。

"给我们俩的，"汤米说，"可以打开吗？"

"你打开吧。"

汤米拆开了信。

"很好，"他说，"又看见希望了。"

"写了些什么？"

"是罗宾逊先生邀请你和我共进晚餐的邀请函。他说，到下下个星期，你一定已经痊愈了，他想邀你前往共进晚餐。在罗宾逊先生乡下的家里,我想是在苏塞克斯。"

"你觉得到那时他会告诉我们一些事情吗?"

"我想应该会。"汤米说。

"把一览表带去吗?"塔彭丝说,"我都已经倒背如流了。"

塔彭丝飞速地念着表中的名字。

"《黑箭》、亚历山大、帕金森、维多利亚时代的陶凳牛津和剑桥、格里－亨－罗、KK、玛蒂尔德的肚子、凯恩和阿贝尔、真爱。"

"够了,"汤米说,"太疯狂了。"

"这次的事从头到尾都像疯了一样。除了我们之外,罗宾逊还请了其他客人吗?"

"也许还有派克威上校。"

"那最好先准备止咳药。"塔彭丝说,"总之,我也想去见见罗宾逊先生。我不相信他是你说得那样脸型方正,头发稀疏的人——汤米,下下个星期黛波拉是不是要带孩子过来住啊?"

"不,"汤米说,"是下个星期。"

"很好,安排得非常好。"塔彭丝说。

第十六章 南飞的鸟

"是那辆车吗?"

塔彭丝走出门,望着车道拐角,焦躁地等待女儿黛波拉和三个外孙的来临。

阿尔伯特从边门走出来。

"还没到,那是食品店的车子,真不敢相信——鸡蛋又涨价了。我再也不投票给现在的政府了,下回我要投给自由党。"

"今晚的草莓和奶油准备好了没有?"

"已经准备好了。我常看你做,已经学会了这道菜的窍门。"

"阿尔伯特,你会成为主厨的。珍妮特很喜欢这道菜。"

"我还做了糖蜜馅饼——安德烈少爷非常喜欢糖蜜馅饼。"

"房间收拾好了吗?"

"收拾好了。夏克伯利夫人早上来过一次,她为黛波拉小姐的房间准备了檀香皂,黛波拉小姐很喜欢这种香皂。"

一切都已就绪,只等女儿一家来临了,塔彭丝长舒了一口气。

车喇叭声从远处传来。没几分钟,汤米驾驶着车辆从车道开了过来。客人们很快就出现在门口——女儿黛波拉虽将近四十,仍风姿绰约;十五岁的安德烈、十一岁的珍妮特和七岁的罗莎莉跟在她身后。"

"你好,外婆。"安德烈精神奕奕地说。

"汉尼拔在哪儿?"珍妮特问。

"我要喝茶。"罗莎莉似乎快要哭了。

打过招呼以后,阿尔伯特接下了黛博拉一家带来的鹦鹉、金鱼和白老鼠。

"这是我们的新家吧,"黛波拉拥抱着母亲说,"我喜欢,非常喜欢。"

"可以到花园去吗?"珍妮特问。

"喝完茶再去。"汤米说。

"我要喝茶。"罗莎莉似乎在提醒大家什么才是最重要的事。

众人走进餐厅,发现茶已备好,都很满意。

"妈妈,听说你出了点事,到底发生了什么?"喝完茶,走向花园时黛波拉问——孩子们在汤米和汉尼拔的陪伴下跑来跑去,充分享受着花园带给他们的乐趣。

黛波拉认为母亲必须得到充分的保护,她严厉地说:"你到底做了什么?"

"已经安定下来,可以逍遥度日了。"塔彭丝说。

黛波拉露出迟疑的表情。

"爸爸,她又做了以前的事,对不对?"

汤米扛着罗莎莉走了回来。珍妮特观察着自己的新领地,安德烈少年老成地环视着四周。

"你又在做以前的那些事了,"黛波拉又开始了攻击,"你又做扮演布伦金索普夫人的胡闹事了。妈,最糟糕的就是无法约束你,没想到'N 或 M'的情形又再来一次。德里克听到传闻,写信告诉我。"黛波拉一边说出哥哥的名字,一边频频点头。

"德里克——他知道些什么?"

"德里克什么都知道。"

"爸，你也是，"黛波拉转向她父亲说，"你也牵连进去了。原本以为你们搬到这儿是要过平静的生活——退隐享受余生。"

"本来是这个打算，"汤米说，"命运却另做了安排。"

"命运的后门，"塔彭丝说，"灾厄之洞，恐惧之堡——"

"是弗莱克尔的诗。"安德烈显示了他的博学。他沉湎于诗歌，希望能做个诗人，他接着念完了这首诗：

> 大马士革城有四座门
> 命运之门，荒漠之门，瘟疫之门，恐惧之门。
> 篷车不度，飞鸟不惊；
> 啁啾声声依然响遍鸟尽弓藏之地。

这时发生了奇妙的巧合，一群鸟突然从屋顶飞了起来。

"外婆，那是什么鸟？"珍妮特问。

"是南飞的燕子。"

"不会再回来了吧？"

"夏天的时候会再回来。"

"穿过命运之门！"安德烈得意地说。

"这里一度就叫作'燕窝庄'。"塔彭丝说。

"妈妈，你们不准备住在这儿了吗？"黛波拉问，"爸爸在信上说，你们正在找别的房子。"

"为什么？"家里的"好问者"珍妮特问，"我喜欢这个家。"

"告诉你几点原因。"汤米从口袋掏出一张纸片大声说道，

《黑箭》

牛津和剑桥

亚历山大·帕金森

维多利亚时代的陶凳

格里－亨－罗

KK

玛蒂尔德的肚子

凯恩和阿贝尔

英勇的"真爱"

"汤米，你闭嘴——这是我的一览表，不是你的。"塔彭丝说。

"这是什么啊？"珍娜继续问。

"像推理小说里的线索一览表。"安德烈说，在还没迷上诗歌之前，安德烈曾经热爱过推理小说。

"不错，是线索一览表，也是我们想另找房子的原因。"汤米说。

"但我喜欢这里，"珍妮特说，"这里非常可爱。"

"很漂亮的房子，"罗莎莉说，"巧克力饼干也很好吃。"她已经把刚才要喝的茶抛到脑后了。

"我也很喜欢这里。"安德烈说，口气让人想起了俄国的专制沙皇。

"外婆，你为什么不喜欢这儿呢？"珍妮特问。

"我也很喜欢，"塔彭丝以出乎意料的热情说，"我要住在这里，一直住下去。"

"命运之门。"安德烈说，"很有吸引力的名字。"

"这里以前叫'燕窝庄'，"塔彭丝说，"可以重新把这里叫成'燕窝庄'——"

"可以用这些线索写一个故事，"安德烈说，"甚至写一本书。"

"名字太多就太过复杂,"黛波拉说,"谁会看这种书啊?"

"人们都爱看这种书,而且会很享受,"汤米说,"你肯定想象不到人们对这类书的热情。"

汤米和塔彭丝互相看了看。

"明天我可以去买些油漆吗?"安德烈问,"阿尔伯特可以帮忙,我们在门上漆个新名字。"

"这样明年夏天燕子就知道回来了。"珍妮特说。

她看了看母亲。

"这主意不错。"黛波拉说。

"承蒙女王陛下敕许!"汤米向常以一家之主自许的女儿深深鞠了个躬。

第十七章 最后一幕： 与罗宾逊先生的晚餐

"这顿饭很好吃。"塔彭丝看了看周围的人。

饭后,他们移步书房,围着咖啡桌而坐。

比塔彭丝想象中面庞更苍白、头发更稀疏的罗宾逊先生坐在乔治二世时期精美的咖啡壶后面微笑,坐在他身旁的是克里斯宾先生——现在看来,霍萨姆似乎才是他的真名。汤米坐在派克威上校旁边,正礼貌地给他敬烟。

派克威上校颇感意外地说:"晚餐后我不抽烟。"

令塔彭丝仍心有芥蒂的科罗顿小姐说:"派克威上校,饭后你真的不抽烟吗?这倒真是稀奇,"随即她对塔彭丝说,"贝尔斯福德夫人,你有一条很有礼貌的狗!"

汉尼拔趴在桌子下面,把头放在塔彭丝脚上睡觉。它突然抬起头,露出难得的天真表情,缓缓地摇着尾巴。

"听说它非常凶猛。"罗宾逊先生说,以半开玩笑的目光望了塔彭丝一眼。

"你一定要看看它勇敢奋战的样子。"本名霍萨姆的克里斯宾先生说。

"应邀参加晚餐时,它很清楚要遵守宴会礼节,"塔彭丝说,"它喜欢参加宴会,自觉是一条出入上流社会、地位高尚的狗。"接着又对罗宾逊先生说,"非常感谢你邀请它来,并且为它准备了猪肝。它非常喜欢猪肝。"

"所有的狗都喜欢猪肝，"罗宾逊先生说，"我知道——"他回望本名为霍萨姆的克里斯宾，"——如果我去拜访贝尔斯福德夫妇，一定会被撕成碎片。"

"汉尼拔认为自己肩负着异常艰巨的任务，"克里斯宾先生说，"它绝不会忘记自己的名门身份。"

"作为安全官，你应该明白它这种感觉。"罗宾逊先生说。

他的眼睛嘲弄地眨个不停。

"贝尔斯福德夫人，你和你先生干得很不错。我们真的获益匪浅，据派克威上校说，是你率先开始了调查。"

"这完全是出于偶然，"塔彭丝慌忙说道，"我只是有些好奇，希望能有所发现。"

"不错，我明白你这种感觉。你对所发生的事也许还相当好奇吧？"

塔彭丝越来越慌，说话颠三倒四。

"啊——那当然——我的意思是——我知道这是机密——是顶级的机密——我们不能问——你不能告诉我们——这我完全了解。"

"正好相反，我正想问你呢。如果你能提供情报给我，我会非常感谢。"

塔彭丝瞪大眼睛望着罗宾逊先生。

"真是想象不到——"话说到一半塔彭丝停住了。

"我从你先生那儿得知你有张列表。但他没告诉我是什么样的列表。我理解，这是你的秘密宝物。我也理解压抑好奇心是多么的痛苦。"

罗宾逊先生的眼睛又嘲弄般地眨个不停，塔彭丝突然觉得自己对罗宾逊先生颇有好感。

她沉默了一会儿,咳了几声,然后打开晚宴包。

"太愚蠢了,"她说,"其实不只是愚蠢,简直可以说得上是疯狂。"

罗宾逊先生令人意外地应和道:"'疯狂,疯狂,这个世界是个疯狂的世界。'在我最喜欢的歌剧《迈斯特辛格》中,汉斯·萨克斯坐在一棵老树下曾经这样说过——真是句名言!"

他接过塔彭丝递过去的列表。

"大声念出来吧,"塔彭丝说,"我不会介意的。"

罗宾逊先生看了眼这张列表,递给克里斯宾。"安卡斯,你比我读得清楚。"

克里斯宾先生接过纸片,以清晰的男高音朗读起来:
"黑箭

亚历山大·帕金森

'玛丽·乔丹并非自然死亡'

牛津与剑桥、维多利亚时代的陶凳

格里-亨-罗

KK

玛蒂尔德的肚子

凯恩和阿贝尔

真爱。"

他停下了,看着罗宾逊先生。罗宾逊先生别过脸看着塔彭丝。

"夫人,"罗宾逊先生说,"恭喜你——你有非凡的头脑。从这些线索引导出最终的发现,真是惊人之至。"

"汤米也热心帮了忙。"塔彭丝说。

"要不是你唠叨个不停,我才不会帮忙呢。"汤米说。

"你的调查也很不错。"派克威上校满意地说。

"人口普查的日期给了我非常大的启示。"

"你们是才智双全的一对,"罗宾逊先生说,他笑着看了塔彭丝一眼,"你虽然没有表露出好奇,但我猜你一定很想知道这个案子究竟是怎么回事,对不对?"

"你会告诉我们吗?"塔彭丝叫了起来,"真是太好了!"

"事情的发端正如你猜测的那样,与帕金森家有一定的关系。"罗宾逊先生说,"在遥远的过去,我的曾祖母也是帕金森家的人。有些事我是从曾祖母那里听来的——

"那个叫玛丽·乔丹的女孩和我同属一个单位,她在海军里有关系——她母亲是奥地利人,所以她说得一口流利的德文。你也许知道一件你先生已经知道的事,有些文件不久后将会公诸于世。现在政治上有种趋向:基于需要,可以把某些记录暂时以机密的方式处理,但不能永久视为机密。在为数众多的记录中,有些显然必须以我国历史的一部分公诸于世。在接下来的两三年间,即将出版三四本附有这些文件记录的历史资料。'燕窝庄'——你现在居住的地方,当时这样称呼——附近发生的事情,自然会被收录在内。过去有过泄露机密的事情——战争期间或战争可能爆发的时期,常有这类事件发生。

"案件的主角是既有威望又极受尊敬的政治家,另外还有两个新闻界巨头,他们极具影响力,却不善于利用这种影响力。在第一次大战之前,就有些阴谋叛变国家的人。第一次世界大战以后,刚刚大学毕业的年轻人又纷纷粉墨登场。更为危险的是,国内的法西斯主义者提出了与希特勒联手的激进方案,装成希望早日结束大战的'和平爱好者'以俘获人心。

"类似的事情不断出现,幕后暗流不断涌动。这种例子历史上有,今后仍然会出现,第五纵队不仅活跃,而且异常危险。受这种思想影响的人会以第五纵队的面目四处活动——贪图金钱或意欲掌权的人莫不皆然。这一定可以写成非常有趣的作品。骗子,叛徒——谁曾用这些词来形容第五纵队的人?一次也没有!他们是男子汉,是'世界上最安分守己的人'。背地里却是偷鸡摸狗的第五纵队。

"老早就有这种信用诈欺了,情节也往往相同。

"商界、军界、政界莫不如此。乍看诚实的人——让人禁不住喜爱和相信、绝对不会去怀疑,号称'世界上最安分守己'的那种人。结果却是天生的骗子,和在'里兹大饭店'外兜售假冒金砖的家伙没有任何区别。

"贝尔斯福德夫人,你住的那个村庄从第一次大战前就是某个团体的总部,那是个旧世界留下来的古朴村庄——很久以前村子里就住过一些相当了不起的人——从事各种不同的战争工作,全都是些爱国者。那里又是海军的良港,住着一个英俊年轻的海军中校,他出身名门,父亲曾任海军上将。还有一个杰出的医生在那儿开业,很受病人的敬重,大家都愿意向他倾诉自己的烦恼。以一般的执业医生来说,没人知道他曾经受过化学武器和有毒瓦斯的特殊训练。

"在那之后的第二次世界大战前,凯恩先生——第一个字母是 K——住在码头边的茅屋中,他的政治思想非常特殊,不是法西斯主义——真的不是!只是以和平为先来拯救世界——除了在欧洲大陆,他在其他许多国家也有追随者。

"贝尔斯福德夫人你想知道的不是这种事吧——但你最好先了解一下背景,一个很不一般的背景。玛丽·乔丹被送到那儿,尽可能刺探村里正在发生的事件。

"玛丽是我前一代的人,听到她的事迹以后,我对她的成就深表敬佩——我真希望能认识她,她一定是位坚强而有魅力的女性。

"玛丽是她的真名,但一般都叫她莫莉,她非常出色。令人痛心的是,她年纪轻轻就死了。"

塔彭丝一直看着挂在墙上的一幅颇为眼熟的画,那是一个男孩头部的简单素描。

"想必这是——"

"没错,"罗宾逊先生说,"是亚历山大·帕金森,当时他才十一岁,是我姑婆的孙子。莫莉为了照顾他住进帕金森家做保姆,这是个比较安全的监视身份。没有人料想到——"罗宾逊先生突然顿了一顿,"这竟会带来如此惨烈的结果。"

"凶手是帕金森家的人吗?"塔彭丝问。

"不,和帕金森家的人完全没有关系,但那天晚上,帕金森家还有其他的人——家人的客人和朋友们。你的先生业已查明,那天晚上进行了人口普查的申报,在帕金森家过夜的人必须和居民一样记下名字。这些人中的一个跟案件关系密切,这个人就是刚才提过的那个医生。医生的女儿常常来村里拜访。这次她带了两个朋友,晚上要求留宿。她的朋友没有牵涉其中——但事后发现她父亲在阴影里的那个世界里扮演了异常重要的角色。她本人在案件发生的几星期以前也在帕金森家帮忙做园艺工作,正是她把洋地黄和菠菜种在了一起。在那个命定之日,也是她把洋地黄叶和菠菜混在一起拿到厨房。食用者全部中毒是常有的事,往往可以用过失致死结案。医生解释说,这种事以前也发生过,但并不鲜见。验尸审讯时,依他的证言,以过失致死处理了这个案子。但当晚鸡尾酒杯意外地从桌上落地被打破的事情却没人注意到。

"贝尔斯福德夫人,如果你知道这段历史又被重演了一遍,一定会相当高兴。你被人自蒲苇丛中射伤,之后那个自称穆林斯小姐的女人又在你的咖啡中下毒。她其实就是那个有罪医生的孙女或堂孙女。第二次大战前,她是乔纳桑·凯恩的信徒。因此克里斯宾才知道她的事。你家的狗也对她极不信任,看到她就大吼大叫。事实上,杀害老伊萨克的也正是她。

"接着,我必须提到一个更为邪恶的人。那位仁爱的医生受到村人偶像般的崇拜,但从证据来看,几乎可以确定玛丽·乔丹就是被他杀害的,但当时没有一个人看破。他对科学非常感兴趣,对药物也颇有研究,更是细菌学领域的先驱。案子的真相六十年后才被揭开。但当时还是个小学生的亚历山大·帕金森却隐约觉察到了他的鬼把戏。"

"'玛丽·乔丹并非自然死亡',"塔彭丝沉静地说,"'凶手是我们当中的一个',医生发现玛丽在干什么了吗?"

"他没有发觉,但有人感觉到了。在这之前,玛丽干得非常顺利。出问题的海军中校已经被我们掌握了。玛丽送给他的情报货真价实,海军中校并不知道收到的这些情报看上去颇为重要,但大部分已形同废纸。他则把海军的计划和机密传递给玛丽。玛丽每到假日会去伦敦报告:根据指令于指定的时间出现在指定的地点。摄政公园的玛丽女王花园或是肯辛顿花园彼得·潘像旁都被用来做会面场所。我们从这些会面以及某大使馆的下级职员处获得了许多情报。"

"但一切都过去了。贝尔斯福德夫人,那是很久很久以前的事了。"

派克威上校咳了一声,突然又说:"贝尔斯福德夫人,历史一次次在重演。大家迟早会意识到这一点。最近,霍洛圭又成立了一个组织。知道这件事的人又一次重整旗鼓。这也许正是穆林斯小姐回来的原因。他们重新启用隐藏处举行秘密聚会。钱再度成为问题——从哪里来,又要用到何处。于是我们便找到了罗宾逊先生,让他关注事态的发展。就在这个当口,我们的老朋友贝尔斯福德出现了,并接连带来非常有趣的情报。他的情报跟我们略微察觉的完全一致。舞台已经准备妥当,未来会根据上层政治人物——某个既有名望又逐日增加信徒的大人物的意思行动。信用诈欺因此复苏。他们自称爱好和平的清廉之士——不是法西斯主义者——其实和法西斯主义没什么两样。他们宣称给百姓带来和平,给予合作者金钱上的报酬。"

"这种事情难道还在持续不断地发生吗?"塔彭丝瞪大眼睛问。

"想知道的和必须知道的,我们大都已经知道。部分得益于你们两位的贡献——摇摆木马的外科手术给了我们更多的情报。"

"玛蒂尔德!"塔彭丝叫道,"真开心!简直不敢相信!玛蒂尔德的肚子竟然这么有用!"

"马真是种了不起的动物!"派克威说,"它们不知道自己是否有用,但往往能派上很大的用场,从特洛伊的木马以来一直如此。"

"希望'真爱'也能有所帮助,"塔彭丝说,"我是说,如果这种事还在持续的话,那孩子的事也许还会——"

"不会再继续下去了,"克里斯宾先生说,"请放心,那个村子已经被清理了——蜂窝已经被扫除,你们可以回去享受平静的生活了。那批人似乎已把根据地移到圣爱德蒙一带。我们继续保持着戒备,因此你们大可不必担心。"

塔彭丝松了一口气说:"谢谢你告诉我们这些。我女儿黛波拉常会带三个孩子来住——"

"不用担心,不会再有事了。"罗宾逊先生说,"顺便提一句,你们在'N 或 M'事件以后领养了案件关系人的孩子——那个有'呆头鹅'或其他什么童谣书的孩子,是不是?"

"你是说贝蒂吗?"塔彭丝说,"是的。她以优异的成绩从大学毕业,现在在非洲调查当地人的生活——做诸如此类的事情,现在很多年轻人热衷于这种事。她真的很可爱——而且非常快乐。"

罗宾逊先生清了清喉咙,然后站起来说:"干一杯吧!感谢贝尔斯福德夫妇对国家的贡献。"

大家诚心诚意地干杯。

"再干一次怎么样?"罗宾逊先生说,"为汉尼拔干杯。"

"汉尼拔,"塔彭丝抚摸着爱犬的头说,"大家都为你干杯呢,这与被封为骑士或获得勋章一样荣耀。前几天我才看过斯坦莱·韦曼的《汉尼拔伯爵》。"

"我儿时看过那本书。"罗宾逊先生说,"'伤害我哥哥的人就是伤害塔凡纳的人。'派克威,是这样没错吧?汉尼拔,可以为你举行爵位授予典礼吗?"

汉尼拔向罗宾逊先生走近一步,在肩膀被敲了一拳后轻轻晃了晃尾巴。

"依英王的指示,特封你为英王国伯爵。"

"汉尼拔伯爵,真是太棒了,"塔彭丝说,"你是条多么荣耀的狗啊!"

Postern of Fate
Copyright © 1973 Agatha Christie Limited. All rights reserved.
© 2013 Letter for Chinese Reader, New Star Edition by Mathew Prichard.
All rights reserved.
www.agathachristie.com
AGATHA CHRISTIE, *Agatha Christie*® and the AC Monogram Logo are registered trade marks of Agatha Christie Limited in the UK and elsewhere. All rights reserved.
Published by agreement with ACL.
Simplified Chinese edition copyright: 2022 New Star Press Co., Ltd.

图书在版编目（CIP）数据

命运之门 /（英）阿加莎·克里斯蒂著；陈杰译．——2版．——北京：新星出版社，2022.12

ISBN 978-7-5133-3840-0

Ⅰ.①命… Ⅱ.①阿… ②陈… Ⅲ.①侦探小说-英国-现代 Ⅳ.①I561.45

中国版本图书馆 CIP 数据核字（2022）第 090244 号

午夜文库
谢刚 主持

命运之门

[英] 阿加莎·克里斯蒂 著；陈杰 译

责任编辑：王 欢	统筹编辑：王 欢
责任校对：刘 义	责任印制：李珊珊
封面插图：宣 和	装帧设计：周伟伟

出版发行：新星出版社
出 版 人：马汝军
社　　址：北京市西城区车公庄大街丙3号楼　100044
网　　址：www.newstarpress.com
电　　话：010-88310888
传　　真：010-65270449
法律顾问：北京市岳成律师事务所

读者服务：010-88310811　service@newstarpress.com
邮购地址：北京市西城区车公庄大街丙3号楼　100044

印　　刷：北京天恒嘉业印刷有限公司
开　　本：910mm×1230mm　1/32
印　　张：8.625
字　　数：132千字
版　　次：2022年12月第二版　2022年12月第一次印刷
书　　号：ISBN 978-7-5133-3840-0
定　　价：42.00元

版权专有，侵权必究；如有质量问题，请与出版社联系调换。